Meike Möhle

Die Glorifizierung des Bandsalats

Beobachtungen aus dem wahren Leben

Bibliografische Information der Deutschen Nationalbibliothek:
Die Deutsche Nationalbibliothek verzeichnet diese Publikation in der Deutschen Nationalbibliografie; detaillierte bibliografische Daten sind im Internet über http://dnb.dnb.de abrufbar.

Coverbild: GRAZVYDAS, iStock-601896832

Herstellung und Verlag: BoD – Books on Demand, Norderstedt

ISBN: 978-3-748107286

Inhalt

Als ich einmal jung war ...

Ich gehöre nicht zu den Menschen, die das Verschwinden der Kindheit als besonders belastend empfinden. Es war wirklich nicht alles toll, als ich klein war. Gut, es kommt mit steigendem Alter hier und da zu Zipperlein, die Haut wird lappig, die Wirbel knacken und Frisörbesuche werden teurer. Doch diese Unbillen sind eigentlich zu verkraften, stellt man sie in Relation zur gewonnenen Freiheit und inneren Sicherheit, die sich mit den Jahren einstellt. Was waren das doch für Zeiten, in denen man die Mutter fragen musste, wann man zuhause sein sollte, oder ob man statt einem Quarkbrot vielleicht lieber ein Nutellabrötchen haben dürfte. Und diese Diskussionen, ob man nun Hausschuhe tragen muss oder nicht – wo doch jeder weiß, dass Hüttenschuhe eine Geißel der Menschheit sind! Nein, ich glorifiziere die Kindheit und Jugend wirklich nicht, sondern bin ausgesprochen gerne erwachsen.

Was mich jedoch hin und wieder ein bisschen traurig macht, ist das Verschwinden meiner Helden. Wen habe ich nicht früher alles bewundert. Viele von ihnen hingen als Poster in meinem Zimmer und lachten mich siegesgewiss an. Menschen mit einem solchen Lachen hatten es geschafft, ihnen machte nichts

Angst. An ihnen konnte ich mich orientieren, sie waren meine Beschützer.

Leider wurden diese Helden im Laufe der Jahre entzaubert, schrumpften und verließen mich. Es begann mit einer lachenden Stoffpuppe namens Eumel. Sie war mein Kamerad in dunklen Nächten, verschwand jedoch irgendwann einfach von der Bildfläche. Inzwischen weiß ich, dass meine Mutter Eumel klammheimlich in den Müll geworfen hatte, denn er fusselte und führte bei mir mehrmals zu nächtlichen Erstickungsanfällen. Um Eumel trauerte ich lange und tue das eigentlich heute noch, auch wenn er realistisch betrachtet wohl ein Billigprodukt war.

Weiter ging es mit Tony Marshall, dessen Bild ich an meiner Tür befestigen ließ, als ich in etwa fünf Jahre alt war. „Heute hau'n wir auf die Pauke!", ja, das war ein Lebensmotto, das mir gefiel. Dazu noch eine Lockenfrisur, die der meinen gar nicht unähnlich war, und jede Menge Rhythmus im Blut. Es gab für mich keinen Zweifel, diesen Mann wollte ich heiraten. Doch dann sah ich mir irgendwann mit meinen Eltern eine Fernsehshow an – war es der Blaue Bock, oder vielleicht Dalli Dalli? – und erfuhr, dass Tony Marschall bereits verheiratet war und sogar Kinder hatte. Er hatte nicht auf mich gewartet – was für ein Verrat. Ich verbannte ihn aus meinem Herzen und von meiner Kinderzimmertür, an die ich stattdessen einen bunten Strauß Prilblumen klebte.

Mein nächster Held war Winnetou. Der edle Rote, den wir nur in schwarz-weiß empfangen konnten, gefiel mir wegen seiner langen Haare und der ruhigen, überlegten Art. Dieser Mann haute nicht auf die Pauke, er rauchte die Friedenspfeife und wurde in Teil drei erschossen. Und das, obwohl ich zum Ende des Films nicht hinsah und mir die Ohren zuhielt. Ich begriff, dass aus mir und Winnetou nichts werden konnte. Jahre später gab ich in Gedanken auch seinem Darsteller den Laufpass, denn ich sah in einem Museum den original Winnetou-Anzug. Der zeigte deutlich, dass Pierre Brice nicht die Größe hatte, die mir bei Männern gefällt. Auch dieser Held schrumpfte bis zur Unkenntlichkeit.

Auf Winnetou und Tony Marshall folgten eine ganze Reihe von Stars und Sternchen, die ich anhimmelte und als meine persönlichen Helden vergötterte: Richard Chamberlain, Pater Ralph und Shogun in Personalunion, gefiel mir wegen seines seelenvollen Blicks und des energischen Auftritts. Irgendwann errechnete ich, dass er fast so alt wie mein Vater und sogar ganze vier Jahre älter als der in Ungnade gefallene Tony Marshall war – also uralt. Lee Majors, der Colt für alle Fälle, konnte genau wie sein Kollege MacGyver fast alles, vor allem aber die Welt und mich vor Unholden retten. Sein Stern sank, als ich feststellte, dass er das schaurige Titellied zur Serie selber gesungen hatte. Und McGyver brauchte ich nicht mehr, als ich endlich ein eigenes Schweizer Taschenmesser bekam.

Natürlich war ich ein vernünftiges Kind und suchte mir auch Helden außerhalb der Traumwelt der Stars. Da war zuerst einmal meine Oma: Die konnte am besten Kirschkerne spucken und Seilspringen, hatte eine Zunge scharf wie ein Rasiermesser und scheute vor keinem Streit zurück. Wir verstanden uns gut. Oma war nichts Menschliches fremd, von ihr wurde ich sorgfältig aufgeklärt – über die Schlechtigkeit der Welt im Allgemeinen und besonders die der Jungs. Sie erteilte mir auch Unterricht im Straßenkampf, denn als die Kleinste in der Nachbarschaft hatte ich es nicht immer ganz leicht. Nachdem Oma mir das mit dem Tritt in die Weichteile erklärt hatte, wurde mein Leben einfacher. Doch irgendwann sah ich auch meine Oma schrumpfen. Zwar war sie immer noch scharfzüngig und streitsüchtig, aber ihr Körper ließ sie im Stich. Sie wurde kleiner und kleiner, bis sie schließlich verschwand. Ich gehe davon aus, dass sie in den Himmel gekommen und dort auf Opa getroffen ist, denn seit ihrem Tod hat die Gewitterhäufigkeit über Norddeutschland fühlbar zugenommen.

Bis ich meinen Vater als Helden akzeptierte, dauerte es sehr lange. Natürlich war er groß und stark, konnte alles reparieren und wusste meistens, was zu tun war. Dass er einen wunderbaren Beruf hatte und ich manchmal heimlich vorne in der Lok mit ihm mitfahren durfte, war toll und der Gedanke daran ist eines meiner Highlights in Sachen Kindheitserinnerung. Trotzdem reichte es einige Jahre bei mir nicht für eine Heldenverehrung: Denn mein Vater war peinlich. Er tat, was ihm richtig erschien, zog sich manchmal unkonventionell bis seltsam an und war einfach anders als andere Väter. Er entsprach nicht der Norm, und was gibt es Schlimmeres für ein pubertierendes Mädchen, als Eltern zu haben, die irgendwie anders sind? Am Ende noch komisch sogar? Die sich unpassende Motorradhelme kurzerhand in Form sägen, Maulwurfvertreibungsmaschinen bauen oder vor lauter Schusseligkeit immer mal wieder versehentlich den Telefonhörer auf die Gabel knallen, anstatt ihn an die wartende Tochter weiterzureichen? Ich war schon über zwanzig, als ich meinen Vater als das akzeptierte, was auch meine Freunde in ihm sahen: eine verdammt coole Socke. An den Gedanken musste ich mich erst einmal gewöhnen. Und als ich so richtig versöhnt mit meinem heldenhaften Vater war, wurde auch er plötzlich kleiner. Er verließ seine Bühne überraschend früh und mit einem Paukenschlag, so wie es zu ihm passte. Mich ließ er fast heldenlos zurück und ich akzeptierte, dass die Zeit der Idole für mich vorbei und ich endgültig erwachsen war. Ich hatte keinen Beschützer mehr, und ich brauchte auch keinen.

Inzwischen bin ich über 40, stehe mit beiden Beinen fest im Leben und bin auf gesunde Weise desillusioniert. Aus Überschwang und Verehrung wurde Realismus, und das ist sicherlich nicht das Schlechteste. Da Tony nicht auf mich gewartet und Oma mich vor den Männern gewarnt hat, bin ich Single geblieben und muss mich nicht mit einem Helden in meinem Schlafzimmer herumplagen.

In meinem Leben gibt es jetzt nur noch eine Heldin, und das ist meine Schwester. Sie kümmerte sich viele Jahre lang liebevoll um unsere Mutter, widmete ihr viel Zeit und Mühen. Denn Mutter war krank, ihre Kräfte schwanden langsam und unaufhörlich. Ich versuchte, ihr von meiner Kraft zu geben, was ich konnte. Es war nicht viel, was ich für sie tun konnte, und deshalb beeindruckte mich der heldenhafte Einsatz meiner Schwester umso mehr. Es ist mir überhaupt nicht peinlich, sie für das zu bewundern, was sie alles geleistet hat. Ich hoffe, dass sie mir noch lange bleibt, und bin bereit, sie bis ans Ende unseres Weges zu verehren. Es sind in meinem Leben genug Idole verschwunden.

Kürzlich war ich mit einer Freundin auf einem Festchen. Wir tranken moderat, aßen ein paar Kleinigkeiten und nahmen was zum Naschen mit nach Hause: Antje kaufte Schokoladenpopcorn, ich eine Tüte gebrannte Mandeln. Außerdem gönnte ich mir einen Obstspieß: Weintrauben mit Bitterschokolade drumherum – das esse ich schon immer gerne! Und schon immer ist das eigentlich nicht essbar, denn die Schokolade platzt beim Abbeißen ab und fällt irgendwo hin. Ich fand ein Stück, das mir abhandengekommen war, auf der Heimfahrt wieder: schön verteilt auf Rock und Bluse.

Während wir den letzten Äppler tranken, saßen wir auf einer Bank direkt gegenüber dem Süßwarenstand. Und es kamen Erinnerungen hoch, hauptsächlich an den Oldenburger Kramermarkt: An die roten Liebesäpfel, die meine Mutter uns immer so gerne kaufte, die so hübsch aussahen und mir aber überhaupt nicht schmecken. Schon das knirschende Geräusch, wenn man da reinbeißt – schrecklich! Und wenn einem die roten Stückchen dann auch noch zwischen die Backenzähne geraten, quietscht es! Nein, das war nie mein Fall, meine Äpfel standen immer ein paar Tage angelutscht auf einem Tellerchen herum und wanderten dann in den Müll.

Besser waren Lebkuchenherzen. Die ließ ich zwar immer ewig hängen, was sie unter Garantie nicht besser machte, aber wenn sie dann einmal ausgepackt waren, nagte ich gerne daran herum. Ich hätte auch geteilt, aber meine Familie war der Sache zumeist eher abgeneigt, was wohl auch daran lag, dass ich zuerst tagelang die Dekoration abfummelte und so dafür sorgte, dass wirklich jeder Millimeter des Lebkuchens sorgfältig angegrabbelt worden war.

Am besten aber fand ich auf Jahrmärkten die langen, hohen Zuckerwattehaufen, die damals noch ganz frisch hergestellt wurden und einem kleinen Kind riesig erscheinen mussten. Heute werden sie in Tüten verkauft, sind manchmal bunt und viel fester als früher. Zum Essen ist das praktischer und auch sauberer, aber ganz das Original ist das natürlich nicht.

Ich weiß noch genau, wie ich meine erste Zuckerwatte bekam: Ich wollte eine, weil meine große Schwester eine wollte – essen mochte ich die eigentlich nicht so gerne. Fasziniert sah ich zu, wie die Zuckerwattefrau einen Stängel in die Maschine hielt und sich allmählich ein weißes Gespinst zu der begehrten großen Zuckerwatte formte – wie das geht, habe ich bis heute nicht verstanden. „Machen Sie die mal nicht so groß für die Kleine", bat mein Vater und ich wollte gerade aufbegehren, als die Dame sagte: „Ach, jetzt ist sie schon groß, wollen Sie die trotzdem?" Und so trug ich stolz meine gigantisch große, fluffige Zuckerwatte über den Kramermarkt. Eine Seite sabberte ich etwas an, irgendwo in der Mitte, was die Sache instabil machte. Und dann, als wir schon zum Auto gingen, titschte ich mit meiner Süßigkeit an den Wollmantel eines vor mir laufenden Herrn. Meine eifrig herbeigeeilte Mutter konnte nicht verhindern, dass die Hälfte meiner Watte abriss und wie eine Klette an dem Mann hängenblieb. Und da der Mann deutlich schneller lief, als meine Mutter das konnte, nahm er meine Watte mit. Damals fand ich das blöd, heute muss ich bei dem Gedanken, dass der arme Mann sich wahrscheinlich mit dem Wattehaufen im Kreuz in sein Auto gesetzt hat, ein bisschen kichern: was für eine Schweinerei! Der Rest der Watte wurde übrigens nie gegessen, sondern landete neben dem Liebesapfel auf einem kleinen Teller.

Es gibt Dinge, an die erinnert man sich mit Grausen: die Blinddarmentzündung zu Beginn der Sommerferien, die Rundfahrt auf der Ostsee, bei der ich so spucken musste, oder Birnen mit Bohnen und Speck. Zu den Erlebnissen, die bei mir heute noch ein ungläubiges Kopfschütteln hervorrufen, gehört der Tanzkurs, den ich irgendwann so mit 14 oder 15 absolvieren musste. Denn das, was eigentlich Spaß machen sollte, war der absolute Horror: gut gemeint, aber schlecht gemacht.

Ich komme aus einem kleinen, verschlafenen Ort in Norddeutschland. Dort gab es in den 80er Jahren nicht viel, doch wir hatten die größte Schule der Umgebung, einen wirklich guten Sportverein und Norddeutschlands größte Freiluftarena. Und es gab den „Hof von Oldenburg", ein Hotel mit Restauration, das seinen Saal regelmäßig Oldenburger Tanzschulen zur Verfügung stellte. Aus irgendeinem Grund war es nämlich Tradition, dass die ungelenke Dorfjugend im Jahr nach der Konfirmation einen Tanzkurs besuchte. Das machten fast alle, und was ein Ausscheren aus diesem Irrsinn noch schwieriger machte, war die Tatsache, dass meine Eltern das Gehoppel befürworteten und meine große Schwester schon mit viel Enthusiasmus ebenfalls einen solchen Kurs absolviert hatte.

Ich wurde also nicht groß gefragt und fand mich an einem Herbsttag im ungeheizten Tanzsaal des Dorfhotels wieder. Die dort angetretenen Jugendlichen gehörten zu den noch recht geburtenstarken Jahrgängen 1969/70, der Kurs war also sehr groß. Ein besonderes Phänomen bei uns war, dass wir viel mehr Mädchen als Jungs hatten. Das zog sich durch die gesamte Schulzeit, und im Tanzkurs drückte sich das ganz besonders drastisch in einem Verhältnis von zwei Mädchen auf einen Jungen aus. Wir Mädchen waren also von vorneherein unter Druck: Schließlich drohte am Ende des Kurses der Abtanzball, und für den brauchte man einen Partner. Am besten auch noch einen, der nicht anderthalb Köpfe kleiner war als man selber.

Ja, die Größe – auch das war so eine Sache. Es war mir nie einsichtig, warum man den Hoppelkurs unbedingt zu diesem Zeitpunkt machen musste: Mitten in der Pubertät, wo bei vielen das Selbstbewusstsein am Boden liegt, die jungen Mädchen ausgewachsen und schon recht fraulich, die Jungs aber noch kleine, kindliche Wichte sind. Die meisten Paare sahen mehr als seltsam aus, und viele der armen Jungen, die das Führen übernehmen sollten, konnten ihren Partnerinnen kaum über die Schulter gucken. Folglich glichen Wiener Walzer und Foxtrott oft eher einem Ringkampf als einem Tanz, weil die Mädchen die Lage überblicken konnten und die Führung übernahmen, die Jungs sich das aber nicht bieten lassen wollten.

Unser Tanzlehrer war der Seniorchef einer Tanzschule aus Oldenburg. Um genau zu sein, was er sehr senior, soll heißen, er war mindestens 80. Zumindest kam er mir so vor. Da ich damals sehr jung war, mag ich mich da täuschen, aber sehr viel liege ich wahrscheinlich nicht daneben. Er bemühte sich stets nach Kräften, uns höfliches Benehmen beizubringen, nannte uns Mädels „Damen" und die kleinen Jungs „Herren". Und immer wieder enttäuschten wir ihn. Ich habe noch heute im Kopf, wie er uns aufteilte in Jungs und Mädchen und genau erklärte, wie der Herr eine Dame zum Tanzen aufzufordern hätte: „Darf ich bitten ...", sollten sie sagen und uns höflich die Hand reichen. Wir sollten nett lächeln, auf keinen Fall ablehnen, zustimmend nicken und mit unserem Galan an der Hand die Arena beschreiten. Als er dann das erste Mal sagte: „Und die Herren fordern dann jetzt ihre Dame..." kam er gar nicht bis zum Ende, denn die jungen Wilden stürmten mit Urgeschrei los, rannten durch den Saal, schnappten sich jeweils ein Mädchen und zerrten es unter aufgeregtem Geschnatter in die Mitte des Saales. Dort standen sie dann ... und an der Wand standen die vielen übrig gebliebenen Mädchen und fühlten sich schäbig. Und der greise Tanzlehrer raufte sein schütteres Haar.

Es wurde dann so gemacht, dass die Mädchen in zwei Gruppen geteilt wurden und nur jeden zweiten Tanz auf einen Partner warten durften. Das ging so lange recht gut, bis es um die Paarbildung für den Abtanzball ging – denn jedes Mädchen wollte einen Partner und die armen Jungs, die in den Unterrichtsstunden regelmäßig mit zwei Partnerinnen getanzt hatten, konnten sich nicht zerreißen. Sie mussten sich für eine entscheiden, mit der sie gemeinsam den Ballsaal betreten wollten, und konnten es im Grunde gar nicht richtig machen. Viele Tränen flossen und auch die Mädchen, die einen der knappen Tanzpartner ergattert hatten, fühlten sich irgendwie schlecht. Zumindest ging es mir so, als eine giftige 15-Jährige meinen armen Tanzpartner anpflaumte, weil jener ihre beste Freundin hatte sitzen lassen: „Kerstin hat fest damit gerechnet, dass du *ihr* holst!", schimpfte die Landschönheit, die im wahren Leben wahrscheinlich Plattdeutsch sprach (zumindest ließ ihre Grammatik darauf schließen). Die arme Kerstin tat mir leid, aber soweit, dass ich meinen Tänzer wieder hergegeben hätte, ging mein Mitleid dann doch nicht.

Der Abtanzball war dann das Finale der Grauslichkeiten: Aufgerüscht und durchgeföhnt staksten wir herum, die Jungs im Konfirmationsanzug, die Mädchen in teilweise abenteuerlichen Kombinationen aus Konfirmationsrock, Glitzerbluse und Omas Häkelstola. Mir hatte meine Mutter zum Glück zu etwas

Schlichtem geraten, das man auftragen konnte – immerhin etwas. So richtig betrinken durften wir uns noch nicht und auch sonst hatte der Abend nicht viel Erquickliches zu bieten. Gewiss guckten unsere Eltern gerührt oder auch peinlich berührt, als wir herumhopsten, und ich erinnere mich daran, dass ich im Anschluss so manche Runde mit meinem Vater drehen musste. Fotos wurden keine gemacht, was wahrscheinlich besser war. Heute hätte ich natürlich gerne eines. Aber nun ja … man kann nicht alles haben. Ich habe den Irrsinn überlebt und bin dankbar dafür.

Ich bin in den 70er Jahren in der Norddeutschen Tief-ebene aufgewachsen. Dort duzt man sich sehr schnell und auch wir Kinder waren mit allen Nachbarn per „Du". Allerdings fiel mir später auf, dass wir mit der Ansprache nicht sonderlich konsistent waren: Wenige Leute sprachen wir nur mit dem Vornamen an, die meisten hatten ein „Onkel" oder „Tante" davor. „Oma" gab es auch, das war natürlich altersabhängig. Und hier zeigte sich auch ein weiteres Durcheinander: Einige Leute wurden mit dem Vor-, andere mit dem Nachnamen angesprochen.

So gab es bei uns Oma Grete, die Großmutter un-seres Spielkameraden Uwe. Die Großmutter von Cars-ten hingegen hieß Oma Jansen, nicht Oma Hanna – warum auch immer. Kurt und Helga waren Kurt und Helga, obwohl sie vom Alter her ähnlich waren wie Tante Helma und Onkel Karl-Heinz, und deutlich älter als Onkel und Tante Wöhler. Onkel Gerd und Tante Erika wohnten mit Oma Albertzart zusammen – ob die auch einen Vornamen hatte, weiß ich eigent-lich gar nicht.

Völlig verwirrt war ich, wenn ich als kleines Kind mit meinem echten Opa Carl in den kleinen Tante-Emma-Laden in Altjührden ging: Denn er sprach die Ladenbesitzerin mit „Tant' Brunken" an, sie nannte ihn „Opa Möhle". Wie das gehen sollte, sie seine Tante, er ihr Opa, war mir schon als kleiner Stöpsel nicht klar und ich dachte intensiv darüber nach. Ohne Ergebnis natürlich, denn was sollte dabei schon herauskommen.

Andere Menschen wurden auch gemäß ihrer Funktion angesprochen: Aus einem mir unerklärlichen Grund wurde der Fischhändler bei uns „Piepfisch" genannt. Ich kaufte also bei Herrn oder Frau Piepfisch ein. Dass die Leute bürgerlich ganz einfach Krüger hießen, erfuhr ich erst sehr viel später. Außerdem lernte ich, dass die Piepfische in der Familie einer Freundin Herr und Frau Schellfisch hießen – auch hübsch. Und bei Schlachters Erika kauften wir Wurst. Die wird auch einen Nachnamen gehabt haben, aber den erfuhr ich nie.

Mein Schwager haderte im Erwachsenenalter damit, dass er die Frau aus dem Bäckerwagen nicht ansprechen konnte. Er baute immer abenteuerliche Sätze, um die direkte Ansprache zu vermeiden, denn er empfand sich als zu alt, um „Tante Bäcker Meier" zu ihr zu sagen. Und damit komme ich zu einem gravierenden Nachteil dieser eigenartigen Benamung: Im Erwachsenenalter ist man irgendwann über den Status hinaus, in dem man alle Leute mit Onkel oder Tante ansprechen möchte. Natürlich ist es kein Problem, gegenüber sehr alten Leuten weiterhin diese vertraulich-respektvolle Anrede zu gebrauchen. Ist man aber vom Alter her nicht so weit auseinander, wechselt man besser auf den Vornamen. Zumindest empfand ich es als seltsam, als eine Nachbarin ihren damals fast dreißigjährigen Sohn aufforderte, für Tante Möhle – meine Mutter – noch eine Tasse zu holen. Bei mir sind zum Beispiel aus Onkel und Tante Wöhler inzwischen Wolfgang und Angela geworden – das geht mir deutlich besser über die Lippen.

Bei meinem Neffen bemerke ich inzwischen aber eine Veränderung, er spricht die Nachbarn nicht mehr mit irgendwelchen verwandtschaftlichen Bezeichnungen an. Er wird sich später leichter tun. Es ist aber nicht in allen Familien so: Erst kürzlich hörte ich eine Frau zu ihrem kleinen Sohn sagen: „Lass die Tante mal da durch." Die Tante, das war ich – und ich fühlte mich, als wäre ich hundert Jahre alt.

Seit meiner Kindheit schon esse ich gerne Süßes – das sieht man mir leider an. Ich mag auch recht gerne Eis, aber niemals Softeis. Ich kann das weiche Zeug nicht essen, es würgt mich im Hals. Gut, ich habe es bestimmt 15 Jahre lang nicht probiert, aber beim letzten Mal war es noch so. Und daran ist mein Opa schuld.

Meine Schwester und ich waren viel bei unseren Großeltern in Rastede: Immer, wenn unsere Mutter im Krankenhaus oder in Kur war, und auch gerne zwischendurch. Sie wohnten gleich in der Nähe der Schule, was unglaublich praktisch war, und man konnte gut mit ihnen spielen: Oma war die Beste im Gummitwist, Seilhüpfen und mit dem Gymnastikball. Außerdem durfte man bei ihr Sachen machen, die man zuhause niemals-nie-nicht hätte tun dürfen. Und Opa war ein großer Lego-Architekt, ein toller Stratege beim Mühle-Spielen und ein geduldiger Lehrer an den Karten. Und er war gerne auf den Festchen in der Gemeinde unterwegs – Spaß, Schnaps und Gesang! Oma war davon weniger begeistert, aber ich fand's gut.

Ausflüge mit meinem Opa gehören zu meinen schönsten Kindheitserinnerungen: Springreiten im Schlosspark, Musikzugtreffen, Ellernfest, Ziegenmarkt oder Schützenfest – Opa und ich waren dabei.

Und weil Opa immer überall dabei war, wurde es nicht langweilig, denn jeder kannte uns und überall hielten wir einen Schwatz. Gerne kaufte Opa auch einen Schnaps bei den netten jungen Mädchen, die mit einem Fässchen um den Hals über die Märkte liefen. Ich durfte dann manchmal den Rest aus dem Gläschen schlürfen und fand die Schnäpse mit Obst sehr lecker. Korn nicht so, aber ich war ja auch noch klein.

Einmal jedoch lief uns beiden ein Schützenfest aus dem Ruder. Das heißt, es passierte nichts Schlimmes, wir haben es nur übertrieben. Eigentlich war es toll: Opa und ich probierten alles aus, was man auf so einem kleinen Schützenfest machen kann: Pommes essen und gleich hinterher ein Fischbrötchen, Karussell fahren, Lose kaufen und Bänder ziehen. Opa hatte schon auf dem Platz ein paar Schnäpse und ich durfte probieren. Und dann gingen wir in den Schützenhof, Opa zum Skatspielen und Bier und Schnaps trinken, ich zum Kartenhäuser Bauen und Fanta trinken. Und immer, wenn mir langweilig wurde, gab Opa mir fünf Mark und ich durfte rausgehen und das Geld auf den Kopf hauen. Das muss so in etwa 1976 gewesen sein – da konnte man mit 5 Mark noch etwas anfangen. Ich drehte mich also mit dem Karussell im Kreis, aß noch einen Berliner, zog nochmal Bänder, zeigte Opa meine Gewinne und bekam noch mehr Fanta. Und irgendwann, es wurde wohl schon dunkel, machten wir uns auf den Weg nach Hause. Ein letztes Mal Karussell fahren, vielleicht noch eine Bratwurst. Und dann ein Softeis – denn Opa meinte, dass man nicht auf einem Schützenfest gewesen sein könne, ohne dieses besondere Softeis gegessen zu haben. Ich lehnte ab: Irgendwas tief in mir drin sagte mir, dass dieses Softeis wirklich nicht mehr nötig sei. Doch Opa war über das Stadium hinaus, in dem er vernünftigen Argumenten gegenüber zugänglich gewesen wäre.

Ich war damals ein braves Kind, das nicht lange herumdiskutierte. Ich versuchte also mein Glück mit dem Softeis, und es kam, wie es kommen musste: Ich kotzte den Segen des ganzen Nachmittags neben der Kirche an die Friedhofsmauer. Das Eis schmiss ich hinterher. Und Opa lobte mich für meine Klugheit, gleich dort zu spucken – dann müsse Oma sich nicht so aufregen, meinte er. Hach, der hatte doch keine Ahnung …

Oma regte sich schon auf, als wir noch gar nicht ganz drin waren. Satzfetzen wie „Du bist ja blau – und dat mit dat Kind anner Hand …!", erreichten mein müdes Gehirn. Ich wusste nicht so recht, was Oma mit „blau" meinte und guckte Opa forschend an: Naja, etwas rotgesichtig war er ja schon, aber blau war nun doch übertrieben. Alles in allem hätte es ein toller Abend werden können, wenn Oma nicht so übellaunig und mir nicht so schlecht gewesen wäre. Opa hatte gute Laune und machte noch allerhand

Quatsch, bis ich irgendwann ins Bett musste. Ich hörte Oma unten noch ein Weilchen schimpfen – vielleicht hätten wir ihr etwas mitbringen sollen.

Anmerkung: Ich bin grundsätzlich dafür, kleinen Kindern KEINEN Alkohol zu geben und sie auch nicht probieren zu lassen. Jedoch meine Kindheit verlief anders.

Die Frau hinter mir hat einen Hüftschaden. Ich habe das nicht gesehen, aber ich höre es: Ich weiß, wie ein Hüftschaden klingt, ich habe mir das jahrelang akustisch angeeignet. Es klingt wie laufen mit einer Pause: Und … Schritt! Und … Schritt! Und … Schritt! Und … Schritt! Das eine Bein läuft lauter als das andere, besonders in Pantoletten. Wenn ich früher in meinem Kinderbett lag, hörte ich meiner Mutter bei der Hausarbeit zu, bevor ich irgendwann in den Mittagsschlaf sank. Und wenn ich aufwachte, war vielleicht Papa schon wieder da, dann wurde gehustet. Mein Vater hat auf eine ganz bestimmte Weise gehustet, zumindest so lange er gesund war.

Ansonsten war es still bei uns, vom Zwitschern der Vögel und Muhen der Kühe einmal abgesehen. Manchmal, bei besonderen Windverhältnissen, hörte man von Ferne das leise Dröhnen der Autobahn. Aber das störte nicht, das war einfach nur da. Mein Vater glaubte dann immer zu wissen, wie das Wetter am nächsten Tag wird, und manchmal hatte er damit sogar recht. Mein Vater liebte Wetterprognosen anhand von Bauernregeln: „Abendrot gift Water in'n Sod" oder „Wenn die Eichen lange Blätter tragen, gibt es einen harten Winter." Das war mit Sicherheit auch gereimt, aber das habe ich vergessen.

Wenn ich bei Oma schlief, waren die Geräusche anders: das Flüstern, wenn die Großeltern ins Schlafzimmer gingen und dabei durch das Zimmer mussten, in dem wir schliefen. Das Rauschen, wenn einer von beiden nachts mal musste und den Nachteimer benutzte. Das leise Schnarchen meines Opas und das unglaublich laute von Oma. Man wusste immer, dass sie da sind und was sie gerade machen. Und beim Aufstehen hat Oma gepupst – dann war Tag. Die Tauben haben gegurrt und die Vögel gezwitschert. Frau Meiß rief nach Peter und Nachbars Kampfdackel Rowdy hat hysterisch gekläfft. Zeit zum Aufstehen, Opa kocht Eier.

Die Frau hinter mir hat einen Hüftschaden. Heutzutage kann man das gut richten, früher war das eine größere Sache. Komisch, woran man alles denken muss, nur weil hinter einem jemand hinkt. Wenn gleich auch noch jemand hustet, fühle ich mich hier auf dem Frankfurter Gehweg wie zuhause. Schnarchen wäre auch okay, nur Pupsen muss nicht sein.

Ich war mal wieder schwimmen. Und wie immer, wenn ich so geruhsam vor mich hin plansche, beobachte ich meine lieben Mitmenschen. Dieses Mal war eine Schulklasse mit mir im Bad, und wie so oft war ich froh, dass ich kein Teenager mehr sein muss.

Wohl kein Alter wird so verklärt wie siebzehn – zumindest bei Mädchen. Über Jungen schweigt man sich in der Hinsicht eher aus. „Siebzehn Jahr, blondes Haar" dröhnte Udo Jürgens, und Peggy March ölte „Mit siebzehn hat man noch Träume…", gerade so, als ob man später keine mehr hätte. Chris Roberts meinte gar, es ausdrücklich betonen zu müssen: „Du kannst nicht immer siebzehn sein!" – als ob irgendjemand das ernsthaft in Betracht ziehen würde. Denn ganz ehrlich, siebzehn Jahre alt, also ein Teenager zu sein, das ist doch echt für'n Arsch!

Die Kids im Schwimmbad waren vielleicht etwas jünger, im Schnitt um die fünfzehn. Die Mädchen wackelten mit ernsten, wichtigen Gesichtern herum und versuchten, auch mit nassen, klumpig am Kopf klebenden Haaren gut auszusehen. Das ist verdammt schwierig, besonders wenn das Gesicht voller Pickel und der Bikini obenrum schon wieder zu eng ist. Dementsprechend gestresst sahen die Mädels auch aus. Die Jungen hingegen, allesamt in eigenartige, viel zu große Beinkleider gewandet, reckten die blassen, pickeligen Hühnerbrüste vor und gaben King Köngchen. „Ey, Alder, ey, echt, ey!" Es wurde geplanscht, gelacht und gekreischt, genau wie damals bei uns geplanscht, gelacht und gekreischt wurde. Sogar die dummen Sprüche waren noch die gleichen: „Eieiei, was seh' ich da, ein verliebtes Ehepaar…" Sich unter den Augen der Mitschüler „normal" zu verhalten, war unmöglich, denn was ist in diesem Alter schon normal? Ich sah zu und war gottfroh, dass ich nicht hysterisch-verzückt gackern musste, wenn mich einer dieser Möchtegern-Männer mit misstönendem Stimmbruchs-Tenorsopran nass spritzte. Ich konnte einfach missbilligend gucken und das Getue albern finden.

Es lässt mich immer wieder verständnislos zurück, wenn jemand zu mir sagt: „Ach ja, man möchte nochmal Kind sein!" Ne, möchte ich nicht. Ganz bestimmt nicht. Denn ich muss nicht essen, was auf den Tisch kommt – ich suche mir das aus, worauf ich Appetit habe. Und ich muss mir auch nicht sagen lassen, dass ich bei sommerlicher Wärme meine Haare zu föhnen habe – das war nämlich der Lehrerin der planschenden Schulklasse unheimlich wichtig. Ich ging fröhlich mit nassem Kopf hinaus in den lauen Herbsttag und ließ die schwitzenden Kids mit einem Lächeln unter den unpraktischen Schwimmbadföhnen zurück – arme Schweine. Draußen kaufte ich mir noch ein Eis und hörte einen der Soprantenöre sagen: „Boah, ey, Alder, ich hätte jetzt auch so Bock auf Eis, aber ich habe nur noch 20 Cent." Ach ja, ich erinnere mich, Taschengeld zu kriegen ist doof, besonders zum Monatsende hin. Das kann beim Gehalt zwar manchmal ähnlich sein, aber dann hat man ja vielleicht einen Dispo. Oder einen frei verfügbaren Literpott Eis im Tiefkühler.

Ich fand ja auch die Schule oft doof. Obwohl ich alles in allem eine recht gute Schülerin war und mich bis zum Abitur mit wenig Aufwand durchschlängeln konnte, frage ich mich noch heute, wofür ich vieles von dem, was ich dort lernte und sofort wieder vergaß, jemals hätte gebrauchen sollen. Und dabei hatte ich noch das Glück, auf eine gute Schule zu gehen: Wir sollten das Lernen lernen und durften dementsprechend viel ausprobieren, Versuche machen, selbst recherchieren. Inzwischen weiß ich, dass dies eher die Ausnahme ist und dass in vielen Schulen noch immer auswendig gelernt wird. Aber warum war es immer das ecuadorianische Quito, auf das sich all unsere Erdkundebücher bezogen? Was ist an diesem Ort so wichtig, dass ich wissen sollte, wie da das Wetter ist? Und warum sollte ich mir den Verlauf der Transsibirischen Eisenbahn und der Baikal-Amur-Magistrale merken? Ich bin gerade über mich selbst erstaunt, dass ich mir überhaupt den Namen dieser sonderbaren Bahnen gemerkt habe – bislang bin ich nämlich noch nicht mitgefahren. Sogar Lessings Dramentheorie war mir allzu theoretisch, auch wenn mir ein Referat über dieselbe eine glatte Eins einbrachte.

Ne, Schule war nix, zumindest nicht im klassischen Teenageralter. Die letzten beiden Jahre waren o.k., aber da konnte man ja auch schon den ganzen unangenehmen Klimbim abwählen und sich die Sache nett gestalten. Allerdings wurde es in der Phase allmählich Zeit, dass man sich darüber klar wurde, was man mal werden wollte. Mir war das überhaupt nicht klar, und folglich sahen meine „Mit siebzehn hat man noch Träume"-Visionen so aus, dass ich befürchtete, vor lauter Unentschlossenheit als Regalfüllerin bei Schlecker zu enden. Also entschied ich mich in einer Hauruck-Aktion erst mal für eine kaufmännische Ausbildung. Nicht aus Überzeugung, sondern weil mir nichts Besseres einfiel und diese Firma mich haben wollte. Außerdem wirkten meine Eltern so, als wäre das vernünftig – immerhin etwas.

Das Schlimmste aber, woran ich mich erinnere, ist das mit siebzehn völlig darniederliegende Selbstbewusstsein. Was fand ich mich hässlich! Zu dick, natürlich, nicht modisch genug gekleidet und überhaupt – einfach unmöglich. Das liegt natürlich auch mit daran, dass in den 80er Jahren diese schicken Föhnfrisuren in waren, die bei meinen Naturlocken mehr als seltsam aussahen. Ich sehe auch inzwischen oft sehr seltsam aus am Koppe, doch es stört mich überhaupt nicht mehr, neben einigen der duftig aufgebügelten Kolleginnen auszusehen wie eine Trümmerlotte. „Jede Jeck is anders", sagen meine Karnevalsweiber, und sie haben recht. Doch als Teenager will man nicht anders sein. Zumindest nicht so richtig. Man tut nur so.

Mit siebzehn dachte ich auch, dass ich dümmer wäre als der Rest der Menschheit. Eine Lehrerin, die in Pädagogik wohl nicht so recht aufgepasst hatte, sagte mir, dass aus mir ohnehin nur eine Verkäuferin werden würde. Heute denke ich ja, dass diese Frau hätte froh sein können, wenn sie meinen Intellekt gehabt hätte. Aber als Jugendliche war ich für derartige Angriffe einfach noch nicht gerüstet. Dieses Rüstzeug verschaffen einem erst einige Jahre Erfahrung. Und deshalb möchte ich keine siebzehn mehr sein, liebe Schlagerfreunde. Ganz bestimmt nicht.

Nostalgie ist in. Und meine Jugendzeit ist in. Es gibt 80er-Jahre-Partys, Wiederholungen alter Folgen von „Formel 1" und „Hitparade" und die unsäglichen Leggings sind auch wieder da. Auf Facebook gibt es große Gruppen, die sich der „Früher war alles besser"-Schwärmerei hingeben, und was da oft verklärt wird, lässt mich ebenfalls gerührt lächeln. Obwohl es natürlich völlig absurd ist, was da alles als schön hingestellt wird.

Die alten Schwarz-Weiß-Fernseher, ja, sowas hatten wir auch. Wenn beim Fußball eine Mannschaft gelb, die andere hellblau trug, liefen 20 graue Männchen ebenso unübersichtlich wie langweilig durcheinander. Man musste zum Umschalten aufstehen, das hielt schlank, zumindest konnte man sich das einbilden. Es gab ja eh nur drei Programme, eigentlich nur zweieinhalb, weil das Dritte erst um 18 Uhr begann. So oft wurde also nicht umgeschaltet. Die allerschönste Erinnerung in Verbindung mit diesem Fernsehgerät ist jedoch der Moment, in dem man nach Hause kam und beglückt feststellen durfte, dass ein nagelneuer Farbfernseher Einzug gehalten hatte. Mit Fernbedienung!

Ähnlich erging es mir mit dem wunderbaren, grauen drrrr-Wählscheibentelefon. Das nachfolgende

Tastentelefon (in modischem beige!) ließ einen nicht nur schneller wählen, sondern hatte ein viel längeres Kabel. Man musste beim Telefonieren also nicht im zugigen Flur herumstehen, sondern konnte sich gemütlich irgendwo niedersetzen, was Dauergespräche deutlich angenehmer machte.

Und dann die Radiorecorder. Viele waren und sind unkaputtbar – der, den ich zum dreizehnten Geburtstag bekam, stand noch lange bei meinem Schwager in der Werkstatt. Man konnte mit ihm natürlich aus dem Radio aufnehmen. Dazu musste man nur gleichzeitig zwei Tasten drücken, was oft nicht so recht gelang. „Schlurps" machte es dann auf der Kassette, bevor das aufgenommene Lied losdudelte. Und wenn zwischendrin das Verkehrsstudio kam, hatte man die acht Kilometer Stop-and-go von Heide Richtung Hamburg für die Ewigkeit auf Tape gebannt. Toll!

Wenn man jedoch den zahlreichen Foristen, Twitterern und Facebookern Glauben schenken darf, war es die Krönung, wenn man einen 200-Meter-Bandsalat mit einem Bleistift aufwickeln durfte. Das ging natürlich nur mit einem sechseckigen Bleistift, hatte man nur einen runden, war man verloren. Auch mit einem eckigen Stift fand ich diese Aufgabe nicht besonders toll, denn man wickelte, wickelte und wickelte. Oft tat man diese Arbeit nur, um feststellen zu müssen, dass das Band beim nächsten Abspielen an genau der gleichen Stelle wieder Skandal machte und einen Bandsalat allererster Kategorie aus dem Radiorecorder quellen ließ. In diesem Fall habe ich mich im Zorn so manches Mal dazu hinreißen lassen, den Rest des Bandes auch noch aus der Kassette zu zerren. Wer das noch nie gemacht hat, sollte sich irgendwo eine Kassette besorgen und es ausprobieren: Man glaubt nämlich gar nicht, wie viel Band in so einer einzigen 90-Minuten-Kassette ist!

Natürlich werden auch andere Unannehmlichkeiten gerne glorifiziert. Ich erinnere mich an meinen Opa, der immer richtig stolz klang, wenn er von seinen frühen Motorradausflügen erzählte: „Von neun Motorrädern hatten sechs eine Panne. Meins war auch dabei!" Super, Opa, echt! Daumen hoch!

Und auch Jugendsünden – oder sollte ich hier lieber das altmodische Wort „Torheiten" verwenden? – werden gerne als wunderbar gelungen dargestellt. Bei mir im Bekanntenkreis sind das zum Beispiel die frühen Kohlfahrts-Besäufnisse, die uns im Nachhinein als reiner Genuss erscheinen. Dass man am nächsten Tag regelmäßig sterben wollte, haben wir allesamt verdrängt. Und auch über den Bollerwagen, der uns einfach abhaute und in den Graben donnerte, müssen wir inzwischen lachen. Wie peinlich war es doch, den geliehenen Wagen mit der abgebrochenen Deichsel wieder zurückzugeben. Jahrelang bekamen wir deshalb nur noch den „alten" Wagen ausgeliehen, der

Sonntagswagen blieb in der Garage, wenn wir Chaoten auf Kohltour gingen. Ob wir inzwischen rehabilitiert sind, weiß ich ehrlich gesagt gar nicht.

Auch die Techtelmechtel, auf die man sich im Suff eingelassen hat, sind mit dem Abstand von zwanzig, dreißig Jahren eher lustig als grausig – der kalte Schrecken beim Erwachen am nächsten Morgen ist erfolgreich verdrängt. Und wenn man heute einen dieser männlichen Bandsalate auf der Straße trifft, was bei mir dank des Umzuges nach Frankfurt nur noch selten passiert, grüßt man freundlich und läuft schnell weiter.

War doch schön, eigentlich.

Vor über dreißig Jahren musste ich etwas machen, in dem ich gar keinen Sinn sah: Einen Kurs im Maschineschreiben. Meine Eltern fanden, dass das ein guter Beitrag zu meiner Ausbildung sei, und auch meine Schwester hatte sich mit dieser Beschäftigung schon abmühen müssen. Gegeben wurde der Kurs von einem Mitglied des „Rasteder Stenografenvereins". Ob es den heute noch gibt, konnte ich leider nicht herausfinden.

Nun ist es ja so, dass man als Jugendlicher oft nicht so recht versteht, was die Eltern alles für sinnvoll halten. Manchmal sieht man das als Erwachsene anders. Im Falle dieses Schreibmaschinenkurses verhält es sich so ähnlich: Hätte ich dort etwas gelernt, wäre das sicher ganz gut gewesen. Doch damals hatte ich einen derartigen Widerwillen gegen diese Veranstaltung, dass ich dort tatsächlich nichts lernte. Ich absolvierte sowohl den Anfänger- als auch den Fortgeschrittenenkurs, ohne ordentlich Maschineschreiben zu lernen. Das lag mit hoher Wahrscheinlichkeit an mir, nicht am Kurs.

Seltsamerweise erinnere ich mich trotz meines Elefantengedächtnisses nicht an den Namen der Kursleiterin. Ich weiß aber noch, was wir am ersten Abend machten: An uralten mechanischen Schreibmaschinen übten wir die Grundstellung der Finger. Es sei leichter, von mechanischer Maschine auf elektrisch umzulernen als umgekehrt, erklärte man uns. Und dann schrieben wir Jaffa. J A FF A, immer wieder. Oder vielleicht auch J a ff a, das weiß ich nicht mehr genau. Ich brauche das Wort nur sehr selten, aber ich kann es schreiben, immerhin. Jaffa. Klack, klack, klackklack, klack.

Im Kurs sollten wir lernen, blind zu schreiben, schließlich müsse man oft Texte von einer Vorlage abschreiben und sich dann auf das Abgucken konzentrieren, nicht auf das Suchen der Buchstaben. Damit wir das lernten, wurde manchmal im Klassenraum das Licht ausgemacht und etwas diktiert. Zum Beispiel Bedeutendes wie: Horst ging abends spät nach Hause. Ich schrieb dann Ominöses wie „Horst fomh avrmfd düöz msch Jaudr", und die Schreibmaschinen-Lehrerin guckte traurig. Die letzten beiden Kursabende sowie die Abschlussprüfung habe ich geschwänzt.

Inzwischen schreibe ich viel auf Tastaturen, alle elektrisch, aber ich schreibe noch immer nicht richtig „blind". Ich kann noch immer kein 10-Finger-System, sondern nutze so in etwa sechs Finger, die nicht immer auf ihrer Seite bleiben, sondern da herumsuchen, wo es ihnen gerade passt. Auf diese Weise schreibe ich sogar recht flott. Irgendwie wissen meine Finger, wo die Buchstaben sind, außer beim B, das bekanntlich immer mal woanders hinhuscht. Deshalb ist es wahrscheinlich auch nicht in „Jaffa" drin, denn das wäre für Anfänger viel zu schwierig.

Kürzlich unterhielt ich mich mit einigen Kolleginnen über die unsäglichen Lieder, die wir im Musikunterricht in der Schule singen mussten. Interessanterweise war es nicht nur bei mir so, dass die von den Musiklehrern ausgewählten Lieder oftmals sehr eigenartig waren. Auch deutlich jüngere Kolleginnen sangen noch dieses Zeug, das Kindern bestenfalls ein Rätsel ist.

Von 1976 bis 1980 ging ich in die Grundschule. Dort entrang man unseren zarten Kehlen unendlich viele Lieder, die sich um so zeitgemäße Dinge wie das Jagen bei Tagesanbruch sowie die klappernden Mühlen am rauschenden Bach drehten. Auch waren wir musikalisch viel auf Schiffen unterwegs – bevorzugt mit der Pest an Bord. Mein Lieblingslied war jedoch der Kanon „Kaperfahrt". Den Text habe ich während der Grundschulzeit überhaupt nicht begriffen, und darüber gesprochen wurde auch nicht: „Alle, die mit uns auf Kaperfahrt fahren, müssen Männer mit Bärten sein …" Ich verstand das als Kind so, dass mein glatt rasierter Vater trotz seiner fast 50 Lenze auf einer Kaperfahrt nicht gern gesehen wäre. Das machte mir jedoch nicht viel aus, kannte ich Kapern doch nur aus der Soße zu Königsberger Klopsen, und die sortierte ich immer aus. Sollte also jemand anderes sich um die

Beschaffung dieser nutzlosen Dinger kümmern, was ging mich das an? Ich mochte das Lied jedoch wegen des herrlichen Geleiers: „Jaaaan und Heiiin und Klaaaas und Pitt, die haben Bärte, die haben Bärte, Jaaaan und Heiiin und Klaaaas und Pitt, die haben Bärte, die fahren mit." Im Kanon gesungen, hörte man bald nur noch „Jaaaan und Heiiin und Klaaaas und Pitt", und wenn man den Text vergessen hatte, lag man damit immer richtig.

Etwa in der fünften oder sechsten Klasse sangen wir „Tomatensalat". Das war einfach zu verstehen, wenngleich nicht näher darauf eingegangen wurde, ob es sich um Salat mit oder ohne Zwiebeln handelte. Der Text dieses Liedes lautet einfach „Tomatensalat". Dieses schöne Wort wird ständig wiederholt und in eine Melodie eingefügt. Ziel des Spiels ist es anscheinend, die Silben des Tomatensalats immer weiter zu verschieben und irgendwann mit einem vollständigen Tomatensalat abzuschließen. Die Begeisterung dafür hielt sich bei mir damals schon in recht engen Grenzen, aber wahrscheinlich entging mir der pädagogische Nutzen dieses Gesangssalates. Auf Wikipedia las ich soeben, dass das Ganze auch mit Kartoffelpüree funktionieren würde – das wäre doch vielleicht mal eine Idee für einen mehrstimmigen Chor.

In der siebten Klasse sangen wir das Lied vom C-A-F-F-E-E. Beim darüber Nachdenken wurde mir so richtig bewusst, wie herrlich politisch unkorrekt man in den 80er Jahren noch sein konnte. Für die Aufforderung „Sei doch kein Muselmann ..." würde so ein armer Lehrer heutzutage wahrscheinlich öffentlich an den Pranger der elterlichen Empörung gestellt – meiner Meinung nach in diesem Fall übrigens zurecht. Dieses Lied, geschrieben vom bereits 1853 verstorbenen Carl Gottlieb Hering, ist vom Text her heutzutage völlig daneben, und das schreibe ich nicht nur als leidenschaftliche Kaffeetrinkerin.

Zum Abschluss bleibt mir nur noch zu berichten, dass auch heutzutage noch seltsame Lieder im Unterricht behandelt werden: Mein Neffe sang vor einigen Jahren das Lied vom Klopapier: „Auf dem Donnerbalken saßen zwei Gestalten ..." Unabhängig davon, ob einem das Lied gefällt oder nicht, ist es zumindest zeitgemäß: Denn wenn es auch kaum noch Donnerbalken gibt, so ist ein Mangel an Klopapier auch heute noch äußerst unangenehm. Also singe, wem Gesang gegeben – ich bin aus der Nummer raus und mache mir nun noch einen Türkentrank!

Als Kind habe ich Märchen geliebt. Bevor ich selber lesen konnte, bekam ich sie vorgelesen oder durfte sie auf Platten hören. Später las ich sie selber, ich hatte einige dicke Märchenbücher: „Märchen der Welt" und Tiermärchen waren dabei. Am liebsten waren mir aber immer die altmodischen Märchen der Gebrüder Grimm. Zum einen, weil die – im Gegensatz zu denen von Hans Cristian Andersen – immer ein Happy End hatten (zumindest für die Hauptperson). Und zum anderen, weil sie simpel zu verstehen waren. Gut und Böse waren klar abgegrenzt.

Natürlich wusste ich, dass diese Märchen pure Erfindung waren: Zwar konnte ich mir noch vorstellen, dass man Stroh zu Gold spinnen kann - die Farbe passt ja schon mal. Auch konnte ich mir vorstellen, dass ein Esel Goldmünzen kackt – das ist sicher nur eine Sache der richtigen Fütterung. Und die Sache mit Dornröschen – nun ja, das mit den hundert Jahren war sicher nur eine Metapher. Die hatten ja damals noch gar nicht so genaue Kalender. Doch eine Frage bewegte mich schon früh, und die Erinnerung daran lässt mich immer wieder in dumpfes Brüten verfallen: Denn wie, ja wie nur hat die Großmutter in den Wolf gepasst? Eigentlich hätte sich jedes intelligente Kind diese Frage stellen müssen, und ich verstehe nicht, wieso dieses Märchen noch immer nicht verboten wurde.

Ich hätte mich wahrscheinlich gar nicht großartig gewundert, wenn der Wolf die Großmutter einfach nur gefressen hätte. Es gab ja viele große Tiere früher, man denke nur an das Mammut und den Tyrannosaurus Rex. Dieser Wolf aber musste die Oma ja auch noch im Ganzen hinunterwürgen, inklusive Nachthemd. Denn ansonsten hätte der Jäger sie nicht unversehrt wieder herausholen können, und im Text stand nichts davon zu lesen, dass sie nackt gewesen wäre oder dass der brave Mann sie erst wieder zusammensetzen musste.

Mein Misstrauen in dieses Märchen mag natürlich auch daran liegen, dass für mich eine handelsübliche Großmutter immer ein wenig … nun ja … nennen wir es „mollig" zu sein hatte. Meine kleine Oma Hedwig war pummelig, meine große Oma Erna war dick. Also so richtig dick. Da hätte der Wolf wohl schon den Kürzeren gezogen, wenn er sabbernd im Schlafzimmer aufgetaucht wäre. Der arme Kerl wäre schon allein von dem Nachthemd satt gewesen. Und wenn dann Oma ohne Nachthemd dagestanden hätte und ein Jäger wäre reingekommen – ohgottogott! Ich will mir diese Szene einfach nicht weiter ausdenken.

Mein Haushalt und ich

Als ich an jenem Sonntagmorgen aufwache, geht mein Blick wie immer erst mal träge zum Wecker. 7:03 zeigt der an. Und da ich mit offenem Rollo schlafe, ist es recht hell im Zimmer, sodass ich den kleinen grauen Pelz auf dem Gerät gut erkennen kann. Der scheint dort schon so zwei, drei Tage draufzuliegen, denn da, wo ich den Wecker in den letzten Tagen ausgeknipst habe, ist nichts. Ein weiterer Blick durch den Raum zeigt mir, dass das ganze Schlafzimmer in einem desolaten Zustand ist: unaufgeräumt und staubig. Gut, das mit der Unordnung nehme ich auf mich, ich bin wahrlich nicht die Ordentlichste. Aber wer zum Teufel hat den ganzen Staub hier hingeschmissen?

Wo ich schon mal wach bin, stehe ich auf und sichte den Rest meiner Behausung: überall das gleiche Bild. Kram und Krempel überall, Staub, Wollmäuse in allen Ecken. Ja, ich weiß, ich wollte immer gerne Haustiere haben, aber nicht solche.

Allmählich gibt mir die Sache Rätsel auf. Denn mir ist nicht klar, wer den ganzen Dreck in meiner Wohnung verteilt hat. Ich bin schon unter normalen Umständen kaum zu Hause und zurzeit komme ich im Grunde nur zum Wäschewechseln und Schlafen heim. Sogar an den Wochenenden habe ich in der letzten Zeit regelmäßig die Stadt verlassen und woanders herumgebröselt. Kinder, Tiere oder sonstige Nebengeräusche, die Dreck ins Haus schleppen, habe ich auch nicht. Es muss sich also jemand Fremdes in meiner Wohnung aufgehalten und sie eingesaut haben. Der war dabei gründlich: Ich finde nicht nur Unmengen von Staub, sondern auch eine klebrige Arbeitsplatte in der Küche, Brotkrümel auf dem Herd. Und die sind definitiv nicht von mir, denn das Brot, das ich letzte Woche in der Wiener *Stein*bäckerei gekauft habe, war von Anfang an so trocken, dass da kein Krümel abzuspalten war. Wer also war das?

Mein Verdacht fällt auf meine Nachbarin, die hat meinen Schlüssel für Notfälle. Aber die war früher Krankenschwester und legt viel Wert auf Sauberkeit, die macht so was nicht. Wahrscheinlich waren das Leute vom örtlichen Haushaltsdiensteanbieter: Erst bröseln sie rum und morgen finde ich ein Blättchen im Postkasten, mit dem sie mir Putzpersonal anbieten wollen. Ein ganz billiger Marketingtrick also. Alles das, was sie bei anderen aufgesaugt haben, schmeißen sie bei potenziellen Kunden wieder hin. Eigentlich genial. Ich prüfe meine Wohnungstür auf Einbruchspuren. Nichts zu sehen – da waren Profis am Werk. Es wird also mit Sicherheit keinen Sinn haben, die Polizei zu rufen.

Ich habe ja in der Tat schon mal darüber nachgedacht, ob das mit der Putzhilfe nicht doch eine gute Idee sein könnte. Denn ich putze überhaupt nicht gerne. Gut, wenn ich den ganzen Tag Zeit hätte, könnte das eine Aufgabe sein, aber in meiner knapp bemessenen Freizeit möchte ich lieber angenehmere Dinge tun. Mein einziger Hinderungsgrund, das Projekt Hauspersonal einmal konkret anzupacken, ist die Tatsache, dass ich auch nicht gerne aufräume. Und wenn nicht aufgeräumt ist, kann man nicht putzen – das habe ich schon von Mutti gelernt. Außerdem habe ich schon einen Masseur, der alle zwei Wochen kommt. Ist ein Putzdienst UND ein Masseur nicht dekadent? Nein, ich putze weiterhin selber.

Heute hilft also alles nichts, ich muss das von anderen verursachte Chaos beseitigen, will ich nicht noch vor Ablauf des Wochenendes an asthmatischen Anfällen verbleichen. Ich packe beherzt an – noch vor dem Frühstück das erste Zimmer. Irgendjemand hat auch meine Wäschebehälter mit Schmutzwäsche gefüllt, also wird die Waschmaschine vollgeladen und angeknipst. Aufhängen kann ich erst mal nichts, der Wäscheständer ist noch voll. Falten, wegräumen, Nasses aufhängen, neue Maschine anstellen – das passt nie alles in meinen Schrank. Wer hat das denn alles gekauft?

Um halb zehn habe ich keine Lust mehr. Und ich denke an eine Kollegin: Das ist eine ganz Ordentliche, die macht sowas jeden Abend mindestens dreieinhalb Stunden lang und wirkt zufrieden, frisch und so hübsch. Bestimmt ist Hausarbeit gesund und hält jung. Mich macht es alt, um elf habe ich Rücken und mache zwei bis vier Stunden Pause.

Dann aber muss ich feststellen, dass Hausarbeit auch hungrig macht. Ich nutze die Zeit, in der das Risotto brodelt, zum Staubsaugen (Wie bitte? Nein, natürlich kein selbst kreiertes Risotto, sondern eine Fertigtüte von Alnatura, angereichert mit diversen Zutaten kurz vor dem Umkippen und einem Rest Weißwein der Marke Saueressig). Staubsaugen kann sehr befriedigend sein, rede ich mir ein, während ich beobachte, wie sich der transparente Behälter des Staubsaugers allmählich füllt. Und es dauert seine Zeit. Zeit, in der ich lieber etwas anderes tun würde, und Zeit, in der das Risotto anbrennt. Das hätte man da aber auch ruhig draufschreiben können, dass auch Bio-Risotto anbrennen kann.

Dann endlich ist alles fertig: Der Staubsauger steht wieder im Schrank, die Wohnung sieht leidlich aufgeräumt aus, und das Risotto dampft appetitlich auf dem Teller. Ja, gut, okay, den Topf kriege ich wahrscheinlich nie wieder sauber. Ich stelle ihn optimistisch in die Spülette, mal gucken, was die daraus macht.

Nach dem Essen diszipliniere ich mich und trage den Teller sofort in die Küche, wo ich ihn ordentlich in die Spülmaschine räume. Ich fühle mich angenehm erschöpft und sehr tüchtig. Auf dem Rückweg zum Sofa fällt mein Blick auf eine lange Wollfluse, die sich wie in einer sanften Sommerbrise träge auf dem Flur-fußboden windet. Da habe ich doch gerade eben ge-saugt. Wer hat die da hingelegt? WER WAR DAS?

Mir wird klar, dass mein Leben weiterhin ein Kreislauf aus Waschen, Putzen und Saugen sein wird. Alle Lebensgeister verlassen mich, ich sinke auf mein Sofa. Ich muss mich hinlegen!

Und für den Abend lege ich mir einen guten Weißwein kalt.

Eigentlich geht es mir ja gegen den Strich, wenn ich irgendwelche technischen Geräte austauschen soll, obwohl die eingesetzten Modelle noch völlig in Ordnung sind. Ich bin niemand, der immer den aktuellsten Jahrgang besitzen muss. Deshalb war ich auch meinem kleinen, geerbten Fernseher sehr lange treu: So lange, bis ich mir irgendwann eingestehen musste, dass ich nicht gerne Fußball gucke, weil ich schlichtweg den Ball nicht finden kann. Deshalb habe ich auch Omas Mixer so lange benutzt, bis dessen Kunststoffkarosserie – oder wie die Umhüllung des Motors bei Mixern heißt – so alt und porös war, dass sie in den Kuchenteig bröselte. Und deshalb war ich meinem alten Toaster lange treu. Es waren keine guten Jahre – zumindest nicht, was das Toasten anging.

Der Toaster gehörte zu einem im Jahr 1999 sehr günstig aus dubioser Quelle erworbenen Set von Küchengeräten: Neben dem Brotröster waren noch ein Wasserkocher und eine Kaffeemaschine dabei. Alles war poppig blau-gelb, beziehungsweise gelb-blau, und sah in meiner kleinen weißen Küche in der Mansardenwohnung in der Nähe von München schick aus. Das war allerdings das einzig Gute, was man darüber sagen konnte. Die Geräte hatten gewisse Qualitätsmängel: Die Kaffeemaschine wurde so heiß, dass sie das Wasser mit einem zischenden Schwall in den Filter donnern ließ. Die Filtertüte ging deshalb bei jedem zweiten Brühvorgang kaputt, so dass man die Zeit nach dem Frühstück mit dem Kaffeesatz-Lesen verbringen konnte, wenn man das krümelige, bittere Gebräu überhaupt durch die Kehle bekommen hatte. Die Kaffeemaschine wanderte also als Erstes in die Tonne, wegen erwiesener Untauglichkeit. Der Wasserkocher folgte etwa ein Jahr später wegen erwiesener Undichtigkeit.

Nur der Toaster blieb mir, denn er tat, was er sollte: Er toastete. Und wenn er damit fertig war, schmiss er das Brot raus. Dabei entwickelte er das bemerkenswerte Geschick, beide Brote in unterschiedliche Richtungen zu schleudern: zumeist eines nach hinten und eines in mein Gesicht. Mehr als einmal schlug ich bei meinen Fangversuchen irgendwo an: Damals in der Mansarde an die Schräge in der Küche, später dann in Frankfurt unter die Hängeschränke der Einbauküche oder gegen eine Milchtüte, die dann natürlich umfiel und auslief. Man ist ja auch so unbeholfen am frühen Morgen: Mit noch halb geschlossenen Augen bin ich einfach kein guter Fänger. Außerdem ist das Brot heiß, und beide Brote gleichzeitig habe ich ohnehin fast nie geschnappt. Meistens musste ich mindestens eines aufheben oder von der Arbeitsplatte aufsammeln. Ich erinnere mich noch gut an jenen Samstag in Bayern, als mir zuerst ein Ei aus dem

Kühlschrank fiel und ich dann beim Toast Aufheben mit dem Kopf unter die Schräge knallte. Nach diesem Tagesstart legte ich mich erst mal wieder hin und verzehrte mein Brot später ungeröstet.

Trotz der Unzulänglichkeiten bei der Brotausgabe bin ich meinem Toaster bislang treu geblieben. Schließlich war er einwandfrei im Brotrösten. Um die Unbillen am frühen Morgen zu vermeiden, kaufte ich einfach keinen Toast mehr. Stattdessen freute ich mich im Urlaub darüber, dass es in meinem Hotel einen dieser großen Hoteltoaster gab – Sie wissen schon, so ein Ding, wo man das Brot auf ein Gitter legt und es ganz langsam eine Runde über eine Art Grill tuckert. Diese Geräte sind klasse, zumindest, wenn man das Brot nach einer Fahrt herunternimmt. Regelmäßig zieht jedoch der Geruch nach verbranntem Brot durch die Frühstücksräume dieser Welt, weil jemand dem Röstgut eine zweite Runde spendieren will. Dreht man sich dann herum, um den Schuldigen zu ermitteln, ist dieser in 99,9 % der Fälle männlich und beteuert, dass er für sein Brot eine stärkere Röstung bevorzugt. An einem gesteigerten Spieltrieb kann das Missgeschick also nicht liegen. Und die wenigen Frauen, die sich schon morgens einen Brandenburger zubereiten, sind entweder durch ihre Kinder abgelenkt oder vor dem Toaster in Ohnmacht gefallen.

Im Urlaub schmeckte mir mein Frühstückstoast also gut, und ich kaufte daher auch daheim mal wieder eine Packung Toastbrot. Nachdem ich wenige Tage wie ein englischer Nationaltorhüter in meiner Küche herumgehampelt war, beschloss ich, dass es reicht – genug ist genug. Viele Jahre hatte ich diese Eskapaden ertragen, mich herumschubsen und in unmögliche Situationen bringen lassen. Lange Jahre mit Beulen, blauen Flecken und Fusseln am Brot. Und das alles für ein Gerät, das mir körperlich hoffnungslos unterlegen ist – was hatte mich denn da nur geritten? Man kann es mit der Loyalität auch übertreiben! Ich schritt also zur Tat, wünschte mir zu Weihnachten einen neuen Toaster und schmiss den alten ganz brutal in den Schrott. Deckel drauf, Ende der Beziehung!

Und nun steht er also in meiner Küche, mein neuer Toaster. Meinem Alter entsprechend bekam ich ein Markengerät in einem gedeckten Silbergrau, passend zum Wasserkocher. Und dieses Gerät, das nicht nur Brot rösten, sondern auch Brötchen auftauen oder sonntäglich aufknuspern kann, verfügt über so angenehme Dinge wie einen stufenlos verstellbaren Temperaturregler, einen ausklappbaren Brötchenaufsatz, eine Stopptaste sowie – unfassbar – eine Krümelschublade. Oh ja, es hat sich einiges getan in Sachen Toastertechnologie! Das Beste aber ist: Beide Brotscheiben verbleiben nach der Röstung im Brotschlitz und warten manierlich darauf, von mir entnommen und gebuttert zu werden. Oder auch gekäst oder gewurstet. Das ist wirklich Technik, die begeistert!

An diesem Morgen zwischen den Jahren ging es ruhig zu: Wenig Betrieb am Morgen in der Straßenbahn, ein fast unbesetztes Büro, ganze zwei Mal klingelte mein Telefon. Viele Berufstätige nutzten den Brückentag, um sich etwas Ruhe zu gönnen, und nahmen Urlaub. Heute war ein Tag, an dem man bei der Arbeit nicht in Stress geriet. Dementsprechend war ich ganz entspannt, als ich früh Feierabend machte. Nur noch ein wenig einkaufen, dann ab nach Hause und ein spätnachmittägliches Teestündchen genießen. Ein leckeres Ingwergebäck wartete auf mich.

Im Rewe um die Ecke war allerhand los, anscheinend legen viele Leute zum Jahreswechsel umfangreiche Vorräte an, um für einen langen und kalten Winter gerüstet zu sein. Unter den Einkaufenden war auch ein älterer Herr, der diverse Lebensmittel in seinen Wagen lud. Er hatte den Laden direkt vor mir betreten und verhielt sich im Grunde unauffällig: Wagen nehmen, ein wenig Obst und Gemüse auswählen, Brot, Wurst und Käse dazulegen, das ging alles zügig und problemlos. Wirklich interessant fand ich den Mann am Eierregal, und auch das erst, nachdem sein Eierkauf schon einige Minuten angedauert hatte. Ich hatte ihn schon fasziniert beobachtet, während ich noch nach Knäckebrot suchte, denn der Eierkauf des

Mannes wurde überaus sorgfältig durchgeführt: Zunächst wurden die Packungen gelesen. Erst die billigen Zehnerpacks mit den Fabrikeiern. Die sind nicht sonderlich schön gestaltet und wurden flugs zurückgestellt. Dann die verschiedenen Packungen mit Eiern aus Bodenhaltung, Freilandeiern und Bio-Eiern. Letztere nehme ich ja immer, weil ich denke, dass ich mir und den Hühnern damit etwas Gutes tue. Dabei bin ich mir natürlich durchaus darüber im Klaren, dass wahrscheinlich jeden Tag mindestens dreimal so viele Bio-Eier verkauft werden, wie es Bio-Hühner gibt. Aber ich schweife ab, dieses Thema soll Foodwatch bearbeiten.

Nachdem der ältere Herr die Eierpackungen eingehend gelesen und wahrscheinlich auswendig gelernt hatte, entschied er sich für die Bio-Eier. Er ist wohl auch so ein Gutmensch wie ich. Allerdings einer, der für den Kauf von Eiern deutlich mehr Zeit benötigt als ich. Ich hatte inzwischen sowohl Knäckebrot als auch Ketchup in meinen Wagen geladen und brauchte ebenfalls Eier, pirschte mich also an den akribischen Eierkäufer heran. Das Regal konnte ich nicht erreichen, denn der Einkaufswagen des Mannes stand quer davor und er selber lehnte, auf die Ellenbogen gestützt, im Regal und betrachtete sechs Bio-Eier. Ich linste ihm über die Schulter und fand, dass die Eier einander ähnelten wie ein Ei dem anderen. Er hob sie alle an – sie waren heil. Was für ein Glück!

Allerdings führte dieser segensreiche Umstand nicht zum sofortigen Eierkauf, sondern es wurde eine weitere Packung Eier geöffnet, studiert und der Inhalt angehoben. Auch heil! Das machte natürlich die Entscheidung für eine der beiden Packungen deutlich schwieriger und der Herr versank in dumpfes Brüten. Ich erwartete fast, dass er anfangen würde, die Eier zu schütteln, um das siebte Ei zu finden, in dem der Schlumpf ist. Aber das passierte nicht. Stattdessen wurden langsam, nachdenklich und sorgfältig zwei Eier aus der linken Packung entnommen. An ihre Stelle wurden zwei Eier aus der rechten Packung gesetzt, die beiden aussortierten Eier kamen in die frei werdenden Eiermulden. Es fand also eine doppelte Eierrochade statt – Schach und Matt. Dann wurden die Deckel sorgfältig zugeklappt und verschlossen, die Verriegelung noch mal geprüft und dann, endlich, wurde die erwählte Eierpackung vorsichtig angelupft und in den Einkaufswagen verbracht. Nach einem erschöpften, aber zufriedenen Seufzer räumte der Eierkäufer den Platz vor dem Eierregal – es war geschafft.

Und ich? Ich konnte es mir nicht verkneifen, die Packung mit den Austauscheiern zu öffnen und die darin enthaltenen Bio-Eier zu betrachten. Was war mit ihnen? Warum wurden sie vom gründlichsten aller Eierkäufer verschmäht? Sie sahen aus wie Eier, also so, wie Eier eben aussehen. Und sie taten mir leid.

Wie mochten sie sich fühlen, aussortiert und umgelagert? Wahrscheinlich so wie ein Mädchen, das in der Tanzstunde übrigblieb. Ich überlegte nicht lange und kaufte die Packung mit den Austauscheiern. Und ich bin mir sicher, die richtige Entscheidung getroffen zu haben. Bestimmt ist irgendwo in dieser Packung mit sechs Eiern das siebte Ei, und in dem ist der goldene Schlumpf.

Ich gebe zu, dass ich manchmal etwas komische Ideen habe, auf die ich mich dann unangemessen versteife. Anspruchsvoll bin ich dabei auch noch und norddeutsch-stur. Diese fixen Ideen bringen einfach die schlechtesten Eigenschaften in mir zum Vorschein. Dieses Mal war es der Wunsch nach einem Tiefkühlgerät, der sich in eine Besessenheit verwandelte und bewirkte, dass ich jedermann lästig wurde.

Eigentlich war es ganz einfach: Ich wollte einen kleinen Gefrierschrank in mein Gästezimmer stellen. Dann hätten die Gäste nachts beim Aufwachen gleich etwas Kühles zum Lutschen und ich könnte mir einen Vorrat an Rhabarberkompott zulegen. Soweit die Überlegung. Also zunächst einmal im Internet recherchiert, bei einer bekannten Elektronikkette einige mittelpreisige Markengeräte angepeilt und in die Filiale gezockelt, um dort gleich den Liefertermin abzustimmen. Und das war das eigentlich Revolutionäre an dieser Idee: die Lieferung. Aber beginnen wir von vorne.

In der Filiale angekommen, mied ich die Unterhaltungselektronik und begab mich mit gezielten Schritten in die Abteilung der Haushaltsgroßgeräte. Dort erwartete mich die erste Überraschung: Denn die meisten dieser Großgeräte waren sehr groß. Man hätte in diesen Schränken und Truhen mühelos ein Nashorn einfrieren können, am Stück natürlich. Singlemodelle gab es kaum, und wenn dann nur im Billig- oder Luxussegment.

Der zu Rate gezogene Verkäufer empfahl das teuerste Gerät, die billigen taugten seiner Ansicht nach nichts. Hmmm... und die Mittelpreisigen? Die seien gerade nicht da, erklärte man mir. Ach so. Trotzdem wollte ich keine Unsumme ausgeben und bat darum, mir ein bestimmtes Gerät zu besorgen. Nach einiger Internet-Recherche war der Verkäufer endlich davon überzeugt, dass es das von mir beschriebene Gerät tatsächlich gab und stellte fest, dass es bestellt sei. Eigentlich hätte es sogar schon da sein müssen. „Weiß auch nicht, wo die sind", stellte er fest und guckte dabei so traurig, dass ich glaubte, ihn trösten zu müssen. „Das macht nichts, ich kann es jetzt ja ohnehin nicht mitnehmen. Ich hätte es gerne am Samstag geliefert." Der Verkäufer sah aus, als hätte er Zahnschmerzen. Denn die Geräte waren ja noch nicht da. Ob ich vielleicht übermorgen noch mal kommen könnte, vielleicht seien sie dann aufgetaucht. Ich hatte einen Gegenvorschlag: „Lassen Sie mir einfach eines dieser Geräte liefern, sobald sie da sind. An einem Samstag. Wir machen die Bestellung jetzt fertig und ich warte dann auf die Nachricht, wann der Gefrierschrank geliefert wird."

Ob dieser neuen Idee versank der Verkäufer in dumpfes Brüten. Schließlich zuckte er resigniert die Schultern: Kundin droht mit Auftrag, was soll man da machen. „Ich kann Ihnen aber nicht garantieren, dass das klappt. Und das kostet was mit der Lieferung." Ja, das war mir schon klar, damit hatte ich gerechnet. Doch in der Straßenbahn konnte ich den Tiefkühler nicht mitnehmen, was blieb mir also übrig? Aber dann nannte er einen Preis, der mir doch etwas die Sprache verschlug und mich nachfragen ließ: Wirklich so viel? Er bestätigte: „Das ist wegen der Altgeräteentsorgung." Erleichtert atmete ich auf: Ich hatte ja gar kein Altgerät zu entsorgen. Meine Richtigstellung ließ den Verkäufer allerdings noch deprimierter in sich zusammensacken. Das sei egal, erklärte er mir. Das sei ein Paketpreis, das müsste man so nehmen. Ich guckte ganz frech noch einmal bei ihm ins Internet und stellte fest, dass man den Punkt „Altgeräteentsorgung" dort extra bestellen konnte, für 20 Euro. Dort konnte man also diese Summe schon mal sparen. Die Kauffrau in mir rechnete geschwind: 20 Euro haben oder nicht haben, das waren immerhin schon 40. Und da das Gerät dort auch als lieferbar angezeigt wurde, beschloss ich, meinen neuen kalten Helfer dort zu bestellen. Ich entband diesen unwilligen Verkäufer also von der lästigen Pflicht, Umsatz zu machen.

Zuhause bestellte ich im Handumdrehen mein neues Haushaltsgerät. Wegen des Liefertermins sollte sich das Speditionsunternehmen in den nächsten Tagen bei mir melden, zwecks Terminabstimmung. Und tatsächlich wurde ich angerufen, von einer netten Dame, die leider nur mit sauren Früchten handeln konnte: Denn eine Lieferung am Samstag ging bei ihr erstmal gar nicht. Auf Nachfrage räumte sie ein, dass Samstagslieferungen natürlich schon durchgeführt werden könnten, aber das dürfte sie nicht entscheiden. Darüber müsste ich mit dem Tiefkühlgeräteverkäufer sprechen, sie sei dazu nicht befugt. Häää?

Nun gut, ich wollte nicht stur sein und fragte nach einem Termin, den sie mir anbieten könnte – wenn sie sich nun schon die Mühe gemacht hatte, mich anzurufen. „Freitag zwischen 10 und 14 Uhr", plapperte sie freudig in den Hörer. Mein ganztägiger Geschäftstermin schien sie zu erstaunen. „Ja, dann Montag-Mittwoch-Freitag-zwischen-10-und-14-Uhr-und-Dienstag-Donnerstag-14-bis-18-Uhr", ratterte sie herunter. Ich konnte so schnell nicht hören und musste mehrmals nachfragen. Mir fiel auf, dass meine Gesprächspartnerin leicht ungeduldig wirkte. Und mein ratloses Herumsuchen im Terminkalender ließ sie hörbar seufzen. „Haben Sie denn gar keinen Tag in der Woche frei?", maulte sie mich an und ich stellte dieses Missverständnis richtig: „Doch. Den Samstag." Aus dem Hörer drangen Geräusche, die mich davon abhielten, auch noch den Sonntag ins Rennen zu werfen. Schließlich musste ich einräumen, erst in rund zwei Wochen Zeit für eine Lieferung zwischen 10 und 14 Uhr zu haben. An der Reaktion meiner Gesprächspartnerin merkte ich, dass sie mich inzwischen für komplett debil hielt. Ich sie auch, aber ich bemühte mich um Contenance und so kamen wir erst einmal zusammen.

Zufrieden war ich mit dieser Lösung allerdings nicht: Denn warum kann ich in der Filiale ein Gerät kaufen und am Samstag liefern lassen und bei Kauf im Internet nicht, obwohl der Spediteur der gleiche ist? Und warum muss ich beim Kauf in der Filiale automatisch eine Altgeräteentsorgung mitbezahlen, beim Kauf im Internet aber nicht? Werden die Altgeräte vielleicht am Samstag entsorgt? Könnte ich also auch beim Internet-Kauf am Samstag liefern lassen, wenn ich dem Spediteur meinen alten Toaster zum Entsorgen überlasse? Ich hätte auch noch eine Bierbank zu entsorgen, falls der Toaster vom Volumen her nicht reicht...

Da ich manchmal ein uneinsichtiger Mensch bin, stellte ich einige dieser Fragen dem Kundendienst des Elektronikhändlers, zusammen mit der Bitte, mir einen Liefertermin am Samstag zu verschaffen. Ich bot auch etwas zum Entsorgen an, um meine Kompromissbereitschaft zu zeigen. Und, was soll ich sagen: Es funktionierte. Am nächsten Samstag wurde gleich morgens mein Tiefkühler geliefert. Ohne Kosten für eine Altgeräteentsorgung.

Wie schon ab und zu mal erwähnt, bin ich kein besonders ordentlicher Mensch. Man könnte sogar behaupten, ich sei unordentlich – aber nur, wenn man die eigentliche Ordnung in meiner Häufchenwirtschaft nicht durchschaut. Denn eigentlich weiß ich immer ziemlich genau, was in welchem Stapel schlummert, und kann etwas einigermaßen zielgerichtet ans Licht befördern, wenn ich es brauche.

Natürlich gibt es Ausnahmen, wie kürzlich die verschollenen Theaterkarten. Die suchte ich zuerst im Stapel auf dem Tisch, denn da gehören sie hin. Als sie da nicht waren, wühlte ich im Körbchen auf dem Regal. Auch nicht. Folglich suchte ich überall, auch an den absurdesten Stellen. Ich fragte auch meine Freundin Antje, wo man sowas wohl hinlegen könnte – sie meinte, sie würde zuerst in dem Stapel auf dem Tisch suchen. Ach was … hmmm, ja, ich auch. Also nochmal wühlen – nichts. Nochmal überall wühlen – auch nichts. Plan B überlegen – ob man die Karten bei Nachweis der Bezahlung nochmal bekommen könnte? Wahrscheinlich schon, man hätte es zumindest versuchen können. Nach Einschaltung des gesunden Menschenverstandes beschloss ich, nochmal den Tisch-Stapel zu untersuchen – die Dinger MUSSTEN da sein. Und so nahm ich mir Blatt für Blatt nochmal vor, guckte alles von vorne und hinten an, schüttelte Hefte aus. Und ich fand meine Theaterkarten: festgeklebt an der gummierten Kante eines großen Briefumschlages, den mir die SOS-Kinderdörfer geschickt hatten. DIE WAREN SCHULD! Immer, wenn ich den Umschlag hochgenommen hatte, kamen die Karten mit – da muss man erst mal draufkommen.

Gestern suchte ich wieder, aber andere Dinge. Zum Beispiel die Fernbedienung meines DVD-Players. Die liegt eigentlich immer auf dem Tisch oder auf dem DVD-Gerät. Dieses Mal war sie nicht da. Ich suchte und suchte – und hatte irgendwann keine Lust mehr. Wieder war es der gesunde Menschenverstand, der mir half, indem er mir einflüsterte, dass man dieses Gerät doch sicher auch ohne dieses dumme Ding bedienen können müsste. Und siehe, es ging. Als ich mich niedersetzte, um den Film anzugucken, sah ich auch die Fernbedienung. Sie lag auf dem Tisch, wo sie hingehörte und wo ich ungefähr 12 Mal hingeguckt hatte. Wieso ich die da nicht gesehen hatte, weiß ich auch nicht – ich brauche wohl doch mal eine neue Brille.

Dramatischer war hingegen der Verlust meines Weck-Phones. Ich benutze als Wecker seit vielen Jahren mein altes IPhone. Das ist noch aus der 3er-Serie und kann nichts mehr außer Wecken, aber das macht es besonders gut. Es liegt immer neben meinem Kissen, da kann ich es gut finden und es ausmachen, wenn es morgens brummt. Und nun war es weg — mehrere Tage lang. Neben meinem Kissen gab es nur noch nacktes gelbes Laken — kein uraltes IPhone. Nachdem ich den Verlust realisiert hatte, flüsterte er — mein gesunder Menschenverstand — mir zu, dass gewiss niemand in meine Wohnung eingestiegen war, um dieses IPhone zu stehlen. Zumindest nicht nur dieses IPhone — ohne also den Laptop, den Fernseher oder die nagelneue Joghurtmaschine auch mitzunehmen. Ich war verwirrt — wo legt man denn seinen Wecker hin? Nachdem ich auf dem Boden, unter dem Kissen und unter der Decke gesucht hatte, war ich ratlos. Mein gesunder Menschenverstand schwieg — leider nicht. Er sagte, wenn dieses Weckgerät woanders als in meinem Schlafzimmer sei, sei das bedenklich. Ich befahl ihm, einfach mal die Klappe zu halten, und stellte meine Suchbemühungen ein. Es würde schon wieder auftauchen, irgendwo in meinem Schlafzimmer. Nun, das tat es nicht.

Ich versuchte, meinen kleinen Weckhelfer zu vergessen. Dieses Gerät hatte es nie gegeben. Als mich mein modernes Samsung-Handy am nächsten Morgen aus dem Schlaf plärrte, vermisste ich dieses nie dagewesene Gerät. Bei der Arbeit kam ich nicht zur Ruhe, meine Gedanken kreisten. IPhone, wo bist du? Ich war verwirrt.

Gestern Morgen jedoch meldete er sich wieder, dieser lästige, manchmal aber nützliche gesunde

Menschenverstand. Er ließ mich noch einmal durch-
gehen, was vielleicht passiert sein könnte. Und er
sagte mir, dass ich doch mein neues Smartphone, das
für den täglichen Gebrauch, jede Nacht im Schlafzimmer auflade. Was, wenn ich statt des Samsungs
irgendwann das IPhone in die Arbeitstasche ge-
schmissen hätte? Oder beide? Ich durchwühlte sowohl eine Handtasche als auch den Rucksack – nichts.
Aus einem Instinkt heraus kramte ich in den Jackenta-
schen herum, und da war es. Klein, niedlich und leer.
Tagelang hatte ich es mit mir herumgetragen – wieso
hatte ich das nicht gemerkt? Es ist verdächtig, höchst
verdächtig – der Schusselfaktor scheint im Alter tatsächlich mächtig anzusteigen. Ich werde das weiter
beobachten – und berichten.

Wie schon ab und zu einmal erwähnt, bin ich nicht besonders beflissen, was die Erledigung von Hausarbeit im Allgemeinen und schlechthin so angeht. Teilweise könnte ich mir selber in den Hintern treten, wenn ich feststelle, dass wieder das ganze Geschirr auf der Spüle statt in der Spülmaschine steht, oder wenn mir aus dem großen Wandschrank etwas entgegenfällt, weil selbst dieses Riesending irgendwann voll ist, wenn man immer nur reinstopft. Ich bringe es auch fertig, drei Tage lang über einen fast fertig ausgepackten Koffer zu steigen und mir dabei die Zehen anzustoßen, nur weil da noch drei Teile „Bodensatz" drin sind und ich keine Lust habe, die wegzuräumen. Ja, ich bin nicht besonders ordentlich.

Gestern aber hat es mich gepackt. Ich wollte mal so richtig was machen – schließlich ist es nicht mehr heiß. Zwar fühlte ich mich nicht besonders gut – der Wetterumschwung war wohl doch zu heftig – aber nach Vormittagsschläfchen und Mittagspause kam ich doch ein ganz bisschen in Schwung. Ich saugte und fegte – denn der Sauger wollte einfach die Erdnüsse nicht wegsaugen, die seit drei Wochen unter dem Esstisch lagen. Ob die inzwischen angewachsen waren? Und ob ich auch noch staubwischen sollte? Lebe wild und gefährlich, Meike!

Doch zuerst betätigte ich mich handwerklich: Ich schraubte eine herumhängende Schranktür wieder fest. Die hing zwar schon seit Monaten und eigentlich störte mich das nicht wirklich, aber seit neuestem knackte sie auch noch, wenn man sie bewegte. Ich wollte sie nicht irgendwann auf dem Fuß haben, also wurde ich tätig. Netto dauerte es zwei Minuten, brutto vielleicht eine Viertelstunde – denn ich musste im großen Wandschrank erst mal einen Kreuz-Schlitz-Schraubendreher finden. Seitdem mein Werkzeugkasten aus dem Regal gekippt ist und seinen Inhalt auf den Boden erbrochen hatte, ist das mit dem Werkzeug finden gar nicht mehr so einfach, aber ich siegte schließlich. Der Schrank ist wieder schick.

Sollte ich also doch noch staubwischen? Es schien mir nötig. Aber Lust hatte ich nicht. Lieber erst mal facebooken, ich musste der Welt doch erzählen, dass ich eine Schranktür angeschraubt hatte. Und mal wieder mit Harry telefonieren. Bei dem war es früher auch manchmal staubig, der hat Verständnis für mich. Und dann noch einen Kaffee trinken. So ging der Nachmittag dahin.

Am frühen Abend raffte ich mich auf und füllte meinen grünen Eimer mit Wasser. Ich prüfte akribisch, ob der auch dicht war, denn bei meiner letzten Putzaktion hatte ein defekter Eimer mir nicht nur die ganze Wohnung vollgeplempert, sondern mir auch noch tagelang den Ohrwurm „Ein Loch ist im Eimer, oh Otto, oh Otto" beschert. Sowas will man nicht öfter haben! Der Eimer aber hielt dicht und ich stellte ihn auf den Wohnzimmertisch.

Ein Lappen fehlte noch. Ich trabte in die Küche, um einen zu holen. Unterwegs hatte ich vergessen, was ich wollte, bröttelte etwas herum und lief zurück ins Wohnzimmer. Ach ja, der Lappen! Wieder in die Küche. Erst mal zwei Bier in den Kühlschrank gestellt, denn wer konnte schließlich wissen, wie durstig ich vom Arbeiten noch werden würde. Ein wenig Altpapier weggeräumt, die Spülette vollgepfercht und angestellt – oh ja, ich bin eine Haushaltsfee! Wieder ins Wohnzimmer – Lappen! Laaaappen! Kam keiner, als ich rief.

Das Telefon klingelte – so ein Glück. Die Tante war dran, wir schwätzten eine Weile. Danach war ich erschöpft und sah ein wenig fern. Man muss sich ja auch mal informieren. Und dann war es eigentlich schon fast zu spät zum Putzen. Ich fühlte nach – das Wasser war fast kalt. Pöh, wie unangenehm. Mit kaltem Wasser wird so ein staubiger Schrank gar nicht richtig sauber, außerdem reagieren meine Hände sehr empfindlich auf feuchte Kälte. Und ich hatte noch immer keinen Lappen. Ich beschloss, Feierabend zu machen.

Heute Abend beim Heimkommen fand ich, dass ich gestern zu streng mit mir gewesen war: Sooo schlimm, dass ich mir am heiligen Sonntag den ganzen Tag Gedanken über den Haushalt machen musste, sieht es eigentlich noch gar nicht aus bei mir. Nur der Eimer auf dem Esstisch – der stört ein wenig.

Gesundheit!

Wer kennt das nicht: Diffuse Beschwerden stören das Wohlbefinden. Es reicht nicht ganz, um zum Arzt zu gehen, aber lästig ist das gelegentliche Grummeln in den Eingeweiden doch. Wenn man sich viel bewegt, geht es weg, und wenn man keine Bohnen isst, auch. Wahrscheinlich also ganz normal. Und dann erzählt die Kollegin in der Kantine, dass die Schwiegermutter nun endlich beim Arzt war, wegen ihrer Blähungen, und der Arzt hat Darmkrebs festgestellt. Man spürt, wie die gerade verzehrte Currywurst sich querlegt, und beschließt, heute aber ganz bestimmt und sofort einen Arzttermin auszumachen. Das vergisst man natürlich nach der Mittagspause gleich wieder, sodass der körperliche Verfall stetig voranschreitet.

Wie gut, dass es inzwischen Doktor Google gibt. Über Google findet man Antworten auf alle Fragen – sogar auf die, die man sich noch nie gestellt hat. Und man erfährt, nur durch Eingabe der eigenen körperlichen Beschwerden, was man alles Schlimmes hat. Manchmal ist das natürlich erschreckend, aber es ist doch besser, dem eigenen Ende aufrecht und mit offenen Augen entgegen zu gehen.

Ich lernte Doktor Google vor einigen Jahren kennen, als es mir nicht gut ging, ich viele diffuse und scheinbar nicht zueinanderpassende Beschwerden hatte und – tatsächlich – zum Arzt gegangen war. Der diagnostizierte eine Schilddrüsenerkrankung und schickte mich zum Facharzt, ich merkte mir aber ein Wort: „Hashimoto". Ich glaubte erst mal kein Wort von dieser Schilddrüsenerkrankung – so ein kleines Dingsbums im Hals konnte doch unmöglich diese Vielzahl an Klapprigkeiten auslösen, die ich verspürte. Das musste ich überprüfen. Also tippte ich HASHIMOTO in Google ein. Das Ergebnis war überwältigend! Ich fand eine Vielzahl von Seiten, die teilweise sehr detailliert die Symptome dieses komischen Fremdworts beschrieben. Die deckten sich tatsächlich mit meinen Befindlichkeiten. So zog ich ganz allmählich in Betracht, dass der Arzt mit seiner Diagnose recht haben könnte. Doktor Google hatte gute Arbeit geleistet: Ich war zwar immer noch wacklig auf den Beinen, aber beruhigt.

Und fasziniert: Denn ich fand auch ein Forum, das sich ausschließlich mit Schilddrüsenerkrankungen beschäftigte. Nutzer, die teilweise mehrere Hundert Posts hatten, schilderten haarklein ihre Zipperlein, führten Blutwerte auf und verglichen Medikamente. Einige Mitglieder waren besonders aktiv, sie hatten das nämlich alles schon einmal gehabt und durchlitten, natürlich immer doppelt so schlimm wie die anderen, und hatten für alle schüchternen Neulinge einen warmherzigen Rat. Gerne schlossen sie mit „Ich drück' dich ganz fest!", oder „Ich wünsche dir ganz viel Kraft!". Was für eine Harmonie! Eine große Gemeinschaft, und fast alle hatten eine Schilddrüse. Ich war begeistert, beschloss aber, in diesem Forum nichts zu schreiben. Es schien mir, als sei hier schon genug geschrieben worden – besonders von der Nutzerin mit den 7340 Posts.

Von diesem Tag an wusste ich, dass Google mir künftig immer helfen würde, wenn ich krank war oder es in Betracht zog, dass ich ganz eventuell krank sein könnte. Und ich wusste, worauf alles zu achten ist: Wussten Sie zum Beispiel, dass sich ein Herzinfarkt bei Frauen ganz anders anfühlen kann, als überall beschrieben wird? Bei Frauen tut das anders weh, das darf man nicht auf die leichte Schulter nehmen. Ich diagnostizierte bei mir seitdem in etwa 312 Herzinfarkte. Die meisten verschwanden, wenn ich mich etwas anders hinsetzte, oder aber durch Ablenkung. Ja, in der Tat, Fernsehen hilft gegen Herzinfarkt, Geschirrspülen auch. Zeigen Sie mir eine Frau, die 312 Herzinfarkte überlebt hat – die möchte ich sehen. Der Nobelpreis für Medizin ist mir sicher.

Schwieriger ist es mit Krebserkrankungen. Es ist fast egal, was für Beschwerden man in Doktor Google eintippt, es kommen eigentlich immer einige Krebserkrankungen als mögliche Gründe dafür infrage. Wikipedia verrät dann gleich die Mortalitätsrate, was unter Umständen demotivierend sein kann. Stellt sich morgens dann heraus, dass der am Vorabend angenommene Bauchspeicheldrüsenkrebs offensichtlich nur die Vorboten für einen Flotten Otto waren, freut man sich und hat einen Grund, positiv in die Zukunft zu blicken. So schön sind häufige Toiletten-Besuche allerdings nur, wenn man sich zuvor ver-googlet hat.

Diagnose und Fehldiagnose liegen bei Doktor Google leider nahe beieinander. Das erfahre ich derzeit am eigenen Leibe. Denn ich erhole mich seit einigen Tagen von Lungenwürmern und Tuberkulose, leicht zu erkennen am brüllenden Husten, Brustschmerz, Schwächegefühl. Sogar meine Haare hängen matt herunter. Der Arzt hat meine Ruhebedürftigkeit bestätigt und mich folgerichtig krankgeschrieben. Ich kontrolliere die Richtigkeit seiner Diagnose anhand der geheimnisvollen Codierungen, die auf dem Zettel stehen, denn auch die kann ein jeder Uneingeweihte inzwischen googlen: J01 steht da, akute Sinusitis sowie J20, akute Bronchitis. Das stimmt sicher, denn ich fühle mich sehr akut. Und dann noch J39, das bedeutet … Moment, mal gucken … sonstige Erkrankungen der oberen Atemwege. Hmmm, das liest sich irgendwie nichtssagend. Das klingt ja beinahe, als würde der Arzt denken, ich sei … einfach nur ERKÄLTET?!

Es ist sonderbar, was man nur durch das reine Beobachten alles erfahren, lernen und begreifen kann. Oft ist es nur nötig, dass man die gewohnte Perspektive für eine kurze Weile verlässt, um erstaunliche Einsichten zu erlangen. Zum Beispiel versteht man dann, warum normale Rentner immer unbedingt zur Hauptverkehrszeit mit den Berufstätigen Straßenbahn fahren müssen (weil zwei Stunden später nämlich ganz komische Leute unterwegs sind). Oder man räumt ein, dass deutsche Fernsehserien tatsächlich ganz genau das wahre Leben widerspiegeln. So ging es mir, als ich einmal krank war.

Erinnern Sie sich an die Praxis am Berliner Bülowbogen, in der in den 80er und 90er Jahren nicht nur Patienten geheilt, sondern auch unzählige Probleme gelöst wurden? Ich habe das damals immer mit meiner Oma geguckt, die leider 1992 verstarb. Wir begleiteten Günter Pfitzmann als Arzt Peter Brockmann durch menschliche Abenteuer jeglicher Couleur und machten uns zwischendurch über die simple Machart der Serie lustig. Besonders angetan hatten es uns die Patienten, denn es waren jahrelang dieselben Leute, die dort im Wartezimmer ausharrten und scheinbar niemals drankamen. Die meisten waren schweigende Komparsen, jedoch „Herr Schnabel", gespielt von dem damals schon hoch betagten Herbert Weißbach, hatte eine Sprechrolle. In meiner Erinnerung fragte er immer nur „Bin ich nun dran?", und saß ansonsten auf sympathische Weise im Weg herum.

In einer Woche im Juli war es bei mir soweit: Ich verließ mal wieder meine Alltagsroutine. Soll heißen, ich wurde krank. Kann ja mal passieren. War auch nicht dramatisch. Aber ich wurde krankgeschrieben und mehrmals in die Praxis meines Hausarztes bestellt. Die hat nicht viel mit der vom Bülowbogen gemein: Dem Arzt fehlen dafür mindestens dreißig Jahre und ich habe ihn auch noch nicht an einer seiner netten Helferinnen herumgraben sehen. Und meine privaten Probleme hat er auch noch nicht gelöst – gut, dass ich nur wenige habe.

Eines aber war doch genau wie in der Fernsehserie, und das waren die Patienten: Es saßen tatsächlich immer die gleichen Leute da. Ich traf immer wieder die sehr füllige farbige Dame mit dem urdeutschen Namen, außerdem die beiden Herren, die immer wie wild auf ihren Smartphones tippten und mit der kleineren Helferin Russisch sprachen. Dann der Opa mit den gestrickten Socken, der sich intensiv mit den Zeitschriften beschäftigte und inzwischen sicherlich Experte in Sachen Klatsch und Adel ist. Und die uralte, stark schwerhörige Dame, die immer wieder wissen wollte, wie spät es ist, war auch immer da. Sie hatte es von allen am eiligsten, wahrscheinlich wegen dringender Termine.

Wir waren also immer alle da. Beim Reinkommen grüßten wir uns mit einem verschwörerischen Nicken. Das war so wie früher bei den norddeutschen Landdiscos, als man ein Gespräch automatisch mit einem lang gezogenen „Naaaa, auch hier?" begann. Nur, dass wir hier nichts sagten außer „Guten Morgen". Mehr brauchte es nicht. Wir waren Insider.

Am Montagmorgen war ich also wieder da. Die füllige Farbige auch, außerdem die schwerhörige alte Frau. Die beiden Handymänner und der lilabestrumpfte Opa nicht, die kommen immer erst gegen halb elf und ich war früher bestellt. Denn heute ging es rund bei mir: Ich saß überall mal. Zuerst im Wartezimmer, dann im rechten Behandlungszimmer, dann im Infusionszimmer, dann sollte ich mich in den Wartebereich im Flur setzen, aber da war es voll und deshalb stand ich irgendwo rum. Genau genommen stand ich im Weg. Und da, ganz plötzlich, wurde es mir klar: ICH war Herr Schnabel. ICH war der Komparse mit der kleinen Sprechrolle, immer sympathisch im Weg und irgendwie gerade nicht dran. Wahrscheinlich gehörte ich inzwischen schon zum Praxisinventar. Was wollten die nur machen, sobald ich wieder gesund war? Ob die dann eine neue Pflanze kaufen würden? Sollte ich bei meinem letzten Besuch einen Zwanziger ins Kaffeeschwein stecken, mit der verschwörerischen Bemerkung: „Für einen Gummi-baum?" Aber wo sollten die den dann hinstellen? Ins rechte oder linke Behandlungszimmer, ins Warte-zimmer oder ins Labor? Immer diese Entscheidungen!

Ich hatte noch eine Nacht Zeit, mir zu überlegen, wer mich demnächst ersetzen sollte. Denn am Diens-tag musste ich noch mal hin, gegen elf, zusammen mit den Männern. Mittwoch hatte ich dann arztfrei. Und am Donnerstag durfte ich wieder arbeiten. Endlich mal andere Gesichter!

Nachtrag: Inzwischen hat sich das Problem erle-digt. Man hat mich nämlich als soweit gesundet ent-lassen. Zum Glück muss ich mir über meine Nachfol-ge keine Gedanken mehr machen, denn man hat einen Ventilator aufgestellt. Der steht nun trefflich im Weg – ich könnte es nicht besser machen!

Vor einer Weile war ich mal wieder unterwegs ins Schwimmbad – dieses Mal ins Frankfurter Rebstockbad. Das ist eigentlich nichts Besonderes und auch dieser Tag war nicht spektakulär. Es war ein Freitagnachmittag, ich hatte recht früh Feierabend gemacht, das Wetter war schön und ich fühlte mich gut. Flotten Schrittes – so schätzte ich das ein – ging ich die wenigen Meter von der Straßenbahn zum Bad. Vor mir lief eine ältere Dame, die eher schlecht zu Fuß war und zudem noch einen Hackenporsche hinter sich herschleppte. Ich überholte sie beschwingt – so fand ich. Sie rief hinter mir her: „Entschuldigen Sie mal …" Ich hielt an und wartete auf sie. Vielleicht wollte sie nach dem Weg fragen, oder wissen, wo ich meine schicke Bluse gekauft habe – dachte ich. Sie aber hatte ein anderes Anliegen: Sie wollte mich beraten, wegen meiner schmerzenden Füße. Ich war etwas verdattert, denn meine Füße taten gar nicht weh und auch das olle Knie, das mir manchmal Probleme bereitet, gab sich an diesem Tag ausgesprochen manierlich. Ich fragte also nach: „Wegen meiner Füße?" „Ja, das merke ich doch. Ihnen tun die Füße weh, das sehe ich an Ihrem Gang!" Ich sah auf meine großen Füße hinunter, sagte etwas wie „Ach was?" und wunderte mich. Die Dame aber war nicht zu bremsen: Hafertee solle ich trinken, jeden Tag Hafertee. Der entwässert und entgiftet und macht einen besseren Gang. Ich dachte an das mühsame Gehumpel der Dame, fragte aber nicht, ob sie auch welchen trank. Stattdessen bedankte ich mich artig und ging – flott und beschwingt, wie ich noch immer fand – meiner Wege.

Natürlich beschäftigte mich das Gespräch noch eine Weile. Am nächsten Tag erzählte ich meinem Kollegen Daniel von dem Vorfall, und ich googelte, was Hafertee so kann: Alles, was die Dame gesagt hatte, stand da zu lesen, und sogar noch mehr. Entgiften, entwässern, Harn treiben – aha. Altes Hausmittel der Volksheilkunde – na gut. Wer möchte, der soll.

Ein paar Tage später war ich in der Apotheke und wie das Schicksal es will, kam ich direkt neben dem Teeregal zu stehen. Da war er, der Hafertee. Es gab große und kleine Päckchen. Ich nahm eines mit 40 Beuteln, schließlich soll man an der Gesundheit nicht sparen. Und ich wollte auch nicht knausern und Daniel was abgeben. So brühten wir uns also am nächsten Tag jeder ein Beutelchen auf, warteten die vorgeschriebenen sechs Minuten ab und probierten. Es schmeckte ... wenig. Ein bisschen wie heißes Wasser, nur nicht ganz so kräftig. Aber gut, es ging hier ja nicht um den Geschmack, sondern um die Wirkung. „Merkst du schon was?" Nö, auch nach einer Stunde oder so merkte ich nichts. Daniel auch nicht. Wir lasen nochmal, was alles so auf der Schachtel stand: Sechs

Tassen täglich. Heiliger Bimbam! Ja, wenn ich sechs Tassen heißes Wasser täglich trinke, dann wirkt das in der Tat harntreibend, das will ich wohl glauben.

Wir blieben dem Hafertee ein paar Tage lang treu – zwei vielleicht, oder auch drei. Gemerkt haben wir immer noch nichts, was daran liegen kann, dass die Dosis zu gering und die Behandlungsdauer insgesamt zu kurz war. Alles in allem fand ich, dass mir der Hafertee bislang nichts geschadet, aber wohl auch nichts genützt hat. Es sind noch ein paar Beutelchen übrig. Die trinke ich noch aus, irgendwann, und gucke, ob sich mein Gang verbessert. Catwalk, ich komme!

Jahrelang war es mir ein Rätsel, woher meine Mutter es wusste, wenn ich nicht gesund war. Manchmal wusste sie es schon vor mir, wenn etwas im Busch war. Wenn ich dann vor der Zeit nach Hause kam, etwa weil ein Magen-Darm-Virus oder eine Grippe mich erwischt hatte, war sie nicht überrascht. Manchmal war sogar der Tee schon fertig, wenn ich etwas grün im Gesicht um die Ecke bog. Als Schülerin habe ich mir darüber nicht groß Gedanken gemacht, schließlich ist es die Aufgabe von Müttern, ihre Kinder genau zu beobachten. Später aber habe ich mich über diese Beobachtungsgabe gewundert und sie gefragt, woher sie es wusste, wenn ich krank werde. Erst vor ein paar Jahren hat sie mir ihre Methode verraten: Es war das Frühstück.

Abgesehen von ein paar Jahren als Kind, in denen ich ein großer Nutella-Fan war, habe ich schon immer gerne herzhaft gefrühstückt. Wurst und Käse, Eier, gerne auch Fisch- oder Frikadellenbrötchen. Das „Full-Irish-Breakfast" mit Eiern, Würsten, Pilzen und Grilltomaten ist genau mein Ding (zumindest, solange ich nicht über Cholesterin, Herzinfarkt und Schlaganfall nachdenke). Nutella gibt es noch manchmal auf dem letzten Brötchendeckel, Marmelade hingegen überaltert bei mir regelmäßig im Schrank. Zumindest, solange ich gesund bin.

Wenn ich hingegen morgens mal aufwache und mich nicht für etwas Herzhaftes zum Frühstück entscheiden kann, bin oder werde ich krank. Nur dann ist Marmelade für mich interessant. Meine Mutter wusste das, lange bevor es mir aufgefallen ist. Jahrelang frühstückte ich sehr früh und ging aus dem Haus, bevor meine Eltern aufstanden. Klebte Marmelade an meinem Frühstücksmesser, wussten sie, auch ohne mich gesehen zu haben, was los ist.

Inzwischen kenne ich natürlich diese Frühstückstheorie, beobachte mich scharf und verifiziere die Treffsicherheit des Marmeladenorakels immer wieder. Sie liegt bei mindestens 95%, es stimmt: Wenn ich nicht gesund bin, werde ich zum Süßfrühstücker. Früher war das für mich mal ein Schimpfwort, inzwischen habe ich Mitleid mit diesen armen, kränkelnden Kreaturen. Es nützt übrigens auch nichts, sich noch eine Frikadelle hineinzuzwängen, wenn man sich beim Marmeladenessen erwischt – krank wird man trotzdem.

Und auch wenn man die Selbstbeobachtung beim Frühstücken vergisst, passt es noch: Vor einer Weile wollte ich mir in unserer Kantine ein Brötchen holen. Zu meiner großen Freude entdeckte ich Rosinenbrötchen – sowas hatte ich ja ewig nicht. Ich kaufte eines und war damit sehr zufrieden. Abends war ich dann derartig erkältet, dass ich kaum noch aus meinen kleinen Augen über meine dicke Nase gucken konnte. Zu meiner Überraschung erfuhr ich später, dass es in unserer Kantine eigentlich immer Rosinenbrötchen gibt – jeden Tag. Die sind mir nur sonst nicht aufgefallen.

Heute habe ich sehr ausgiebig gefrühstückt. Das ist für mich das Schönste am Wochenende: Früh aufstehen und mit ganz viel Zeit frühstücken. Kaffee und Saft, frische Brötchen (gerne auch Aufbackbrötchen noch warm aus dem Ofen), Wurst und Käse und vielleicht ein Ei oder Joghurt. Meine Wurst hätte heute ein wenig mehr Salz vertragen können, aber ansonsten war alles voll nach meinem Geschmack. Ich bin gesund.

Seit vielen Jahren bin ich regelmäßig in öffentlichen Verkehrsmitteln unterwegs. Wenn ich auf einem Bahnhof oder an einer Haltestelle stehe, scheine ich ein grünes I wie Information auf der Stirn zu tragen, denn ich gehöre zu den Leuten, die immer alles gefragt werden – das muss an meinem vertrauenerweckenden Äußeren liegen. Wenn ich kann, gebe ich gerne Auskunft, aber natürlich kenne ich nicht die Abfahrtszeiten sämtlicher Züge in Frankfurt, und schon gar nicht in Hamburg. So manches Mal schon habe ich auf den Aushangfahrplan verwiesen und hörte dann, dass die fragende Person den nicht lesen konnte, weil angeblich die Brille fehlte. Natürlich half ich auch dann aus. Und sehr oft dachte ich dann, dass es für diese armen Analphabeten doch stressig sein müsse, immer diese Brillenausrede zu benutzen.

Schon immer schockiert mich die Tatsache, dass in Deutschland jede Menge Leute leben, die zwar eine Schule besucht haben, aber trotzdem nicht lesen können. Sie schlängeln sich durch den Alltag, erfinden Sehschwächen, weichen Hürden aus, indem sie einfach keine Formulare ausfüllen oder nicht mehr zur Arbeit gehen. Das ist schrecklich und sollte in einem Land wie diesem nicht so häufig vorkommen.

Doch inzwischen weiß ich, dass ich mit meiner Einschätzung, dass mein Gegenüber Analphabet sei, wahrscheinlich doch in vielen Fällen falsch gelegen habe. In jugendlichem Leichtsinn war mir damals nicht klar, dass man nicht alt und klapprig sein muss, um Probleme mit dem Lesen eines Fahrplans zu haben. Inzwischen trage ich selber eine Brille und komme damit gut zurecht. Im Sommer aber hatte ich zweimal das Problem, dass ich keine Sehhilfe auf der Nase hatte und so buchstäblich im Nassen stand. Ich stand nämlich tropfend im Schwimmbad, mit meinem Schlüssel in der Hand, und konnte die eingestanzte Nummer nicht lesen.

Zu meinem Glück habe ich ein recht gutes Gedächtnis und hatte mir einigermaßen den Ort gemerkt, an dem ich meine Sachen eingeschlossen hatte. Beim ersten Mal hatte ich einen Eckschrank, den ich sofort wiederfand. Beim zweiten Mal musste ich jedoch mehrere Türen ausprobieren, bis ich mich abtrocknen konnte. Natürlich hätte ich einige der dort rumhängenden Jugendlichen fragen können, ob die mir mal meine Schranknummer vorlesen können, aber die hätten mich dann sicher für des Lesens unkundig gehalten und diese Schmach wollte ich mir ersparen. Inzwischen bin ich dazu übergegangen, mir die Nummer meines Schrankes gut zu merken und sie beim Schwimmen immer leise vor mich hin zu brabbeln. Wann man sich geschickt anstellt, bekommt man dabei nicht mal Wasser in den Mund. Irgendwann werde ich wahrscheinlich mit Brille schwimmen gehen müssen, um im Anschluss an das entspannende Geplätscher nicht in der Herrendusche zu landen. Aber das ist noch eine Weile hin, und vielleicht fällt mir bis dahin auch für dieses Problem eine pragmatische Lösung ein.

Und sonst so?

Jedes Ding hat einen Namen, logisch. „Ein Tisch ist ein Tisch", diese hochphilosophische Erkenntnis von Peter Bichsel lasen wir irgendwann in der fünften oder sechsten Klasse. Dabei ging es eigentlich weniger um den Tisch an sich als vielmehr um die Sprache, und es gab daran auch nichts zu kritisieren. Ein Tisch ist ein Tisch, und das ist gut so.

Interessanter wird es, wenn Dinge Namen bekommen, die sie unterscheidbar machen und in das Gedächtnis der kaufbereiten Kunden bringen sollen. Wer kennt sie nicht: das Regalsystem Billy und seinen bunten Freund, den Couchtisch Lack? Nicht zu vergessen meinen heimlichen Liebling Moppe – genau so klein und niedlich, wie er klingt.

Die Modelle mit netten Namen zu versehen, ist natürlich auch bei Kleidung üblich: Ich trage gerne das Hosenmodell Moni und meine Schwester, die etwas kleiner geraten ist, kauft Moni-kurz. Das macht den Einkauf doch so viel einfacher, als wenn man der Verkäuferin die Artikelnummer 45789532b nennen muss. Eine Frage wie nach einer guten Freundin: „Ist Moni da?" Meistens ist sie es, schließlich sind gute Freunde zur Stelle, wenn man sie braucht.

Ich frage mich aber immer, wer sich diese Namen wohl ausdenken mag. Und nach welchen Kriterien werden die Namen den Dingen zugeordnet? Am Wochenende blätterte ich in einem Schuhkatalog und überlegte, ob ich Melissa oder Vroni kaufen solle, und zwar in Petrol oder Chianti, und für den Winter vielleicht noch Marvine dazu. Marvine, was soll mir das sagen? Ein verflossenes Modell aus längst vergangenen Tagen? Nein, davon lasse ich doch lieber meine Finger: Marvine ist raus.

Bei den Herrenschuhen lächelten mich übrigens die Modelle Julius und Rüdiger an. Und Josy – für den eher femininen Mann mit Mut zum Klettverschluss. Aber bequem sah er aus, der Josy.

Ebenfalls liebevoll erdacht sind die Namen meiner liebsten Plastikbehälter, Sie wissen schon, dieses Zeug, das ganz konspirativ in immer wechselnden Wohnzimmern verkauft wird. Für sie werden keine schnöden Namen aus dem Stammbuch verwendet, hier ist man fantasievoller, manchmal auch pragmatisch und nutzt beschreibende Namen: Die Peng-Schüssel hat sicher schon so manchen Hefeteig zum Platzen gebracht, die Klima-Oase hält Salat selbst in der Wüste frisch und die Eidgenossen stehen in jeder Situation stapelbar zu- und aufeinander.

Richtig spannend wird es jedoch, wenn Gebrauchsgegenstände von ihren Besitzern ganz persönliche Namen bekommen. In einigen mir bekannten Familien trägt die Spülmaschine den Namen Minna. Das klingt nach einem typischen Namen für ein Küchenmädchen und bringt wahrscheinlich die versteckte Sehnsucht nach Hauspersonal zum Ausdruck – das Haus am Eaton-Place lässt grüßen.

Und bei mir zuhause war es jahrelang üblich, Pflanzen, die man geschenkt bekommen hatte, nach dem edlen Spender zu benennen. So stand dann der Hibiskus Birgit neben der Topfgerbera Kerstin und der Hortensie Wolfgang. Letzterer kam bei mir übrigens nicht mit dem häufigen Wassermangel klar, so dass ich ihn - oder müsste ich bei einer Hortensie „sie" sagen? – meiner Schwester zum Aufpäppeln gab. Bei ihr bekam Wolfgang einen schönen Platz im Garten und berappelte sich.

Inzwischen habe ich kaum noch Pflanzen und die drei Orchideen auf meinem Fensterbrett müssten eigentlich alle „REWE" heißen. Daher verzichte ich auf die Benennung. Meine Schwester aber hatte zu Wolfgang lange Zeit ein herzliches und persönliches Verhältnis, weshalb sie mich von seinem Ableben unverzüglich informierte, was ich aber nicht begriff. Schließlich hatten wir damals auch einen sehr netten Nachbarn mit Namen Wolfgang gehabt, der mir deutlich näherstand als meine alte Hortensie. Daher erschrak ich, als meine Schwester irgendwann im Winter bei mir anrief und trocken verkündete: „Wolfgang ist tot!" In meinem Kopf ratterte es: Wolfgang – tot? War der überhaupt schon 60, oder jünger? Was war passiert? Ich fragte und sie antwortete. „Bei dem

Sturm letztens ist ein Ast runtergekommen und hat ihn getroffen." Oh mein Gott, was für eine Tragödie! Sie fuhr ungerührt fort: „Hat ihn mitten durchgehauen. Jetzt werden wir ihn wohl entsorgen." Mitten durchgehauen, entsorgen? Meine Schwester ist nicht unbedingt eine große Poetin, aber dass sie so von der Beerdigung eines netten Nachbarn sprechen könnte, glaubte ich nun doch nicht.

Unter viel Gelächter klärte sich das Missverständnis damals auf und ich sehe seither davon ab, Gegenstände mit menschlichen Namen zu bedenken. Außer meinen alten Teddy natürlich. Der heißt Mäxchen und sitzt im Gästezimmer. Aber Teddys sind ja eigentlich auch keine Sachen.

Kürzlich bin ich mal wieder eine lange Strecke Zug gefahren. Dabei hat man Zeit zum Beobachten, manchmal auch Gaffen, und zum Nachdenken. Und da ich gestern mehrfach die gleichen Ungeheuerlichkeiten angaffen durfte, kreisten meine Gedanken irgendwann um eine weltbewegende Frage: Wer hat eigentlich die Idee verbreitet, dass Leggings schön sein können?

Es ist ja nicht so, dass Leggings eine moderne Erfindung sind. Ich erinnere mich noch gut an die 80er Jahre, als viele Frauen in Leggings jedweder Farbe herumliefen: die Konservativeren in Schwarz, die Mutigen in bunt, glänzend oder gemustert. Oder auch in buntglänzend gemustert. Damals trug man dazu lange Pullis, die die Problemzonen einigermaßen versteckten, oder lange Blusen, die teils mit einem breiten Gürtel in Form gedrückt wurden. War Taille vorhanden, konnte das noch recht vernünftig aussehen, gab es keine, konnte der Gürtel das Arrangement genauso wenig retten wie die damals gerne getragenen großen Schulterpolster. Ein breites Kreuz hilft einfach nicht gegen zu viel Hintern – da spreche ich aus Erfahrung.

Das Komische an Leggings ist ja, dass auch ganz schlanke, perfekt gebaute Frauen in ihnen oftmals unvorteilhaft aussehen. Das war nach dem Abflauen der Modewelle in den 80er Jahren durchaus bekannt. Wie oft haben wir die berühmt-berüchtigten 80er-Jahre-Shows geguckt und uns dabei über die unvorteilhaften Beinkleider amüsiert? Galten sie nicht zurecht als DIE Modesünde des letzten Jahrhunderts? Haben wir nicht alle schallend gelacht, wenn wir Bilder oder Zeitschriften sahen, in denen Damen in Leggings (und wenn es ganz schaurig kam, einem darüber gezogenen Gymnastikanzug) sich körperlich ertüchtigten? Soll das jetzt plötzlich nicht mehr gelten? Sind die Dinger in den vergangenen Jahren vielleicht gereift, also schöner geworden? Oder wie erklärt sich die phönixhafte Wiederauferstehung der hässlichen Hosen?

Irgendetwas hat bewirkt, dass die Buxen, in denen angeblich schon Robin Hood eine schlechte Figur machte, wieder salonfähig wurden. Deshalb sah ich mich gestern plötzlich neun jungen Frauen gegenüber, die in schwarz glänzenden Leggings und lustig bedruckten kurzen T-Shirts einen Junggesellinnenabschied feierten. Eines der Mädels sah gut aus, vier erinnerten an Leberwürste, die restlichen vier an Birnen der Sorte Abate Fetel – zumindest von hinten. Ich habe nicht ausmachen können, welche der Frauen wohl die Braut war und hoffe jetzt einfach mal, dass es die war, die gut aussah. Wer weiß, vielleicht haben die anderen acht sich so eigenartig hergerichtet, um der Hauptperson des Abends nicht die Schau zu stehlen? Leggings statt Burka – auch ein Konzept. Wenn auch nicht meines.

Mir ist durchaus bewusst, dass diese gegen einen aktuellen Modeartikel gerichtete Tirade konservativ und spießig klingt. Vielleicht auch neidisch – sähe doch mein ausladendes Gesäß in so einer Presspelle aus wie das Hinterteil eines Brauereipferdes. Ich will auch niemandem die geliebten Leggings ausreden. Ich gebe aber offen zu, dass sich mein Auge in diesem Sommer doch so manches Mal beleidigt fühlte. Deshalb warte ich darauf, dass die aktuelle Leggings-Welle abflaut und die schmalen Stretchtüten wieder in der Versenkung verschwinden – der Lächerlichkeit preisgegeben für mindestens weitere 25 Jahre. Gerne auch länger …

Ich merke oft, dass ich schon ein bisschen alt bin. Besonders fällt mir das auf, wenn ich jüngeren Kollegen – ganz schlimm sind hier die gerade mal den Windeln entwachsenen Praktikanten – von den bewegten Zeiten meiner beruflichen Ausbildung erzähle: Formulare mit fünf Durchschlägen, die in eine immerhin schon elektrische Schreibmaschine gefädelt wurden, Telexkrümelchen und Telefax mit Rollenpapier. All das klingt heute in der Tat so, als seien es Alltagsgegenstände aus der Kaiserzeit. Und doch war es das Jahr 1990, als ich mit meiner Ausbildung zur „Kauffrau im Groß- und Außenhandel" begann. Computer gab es da auch schon. Die konnten fast nix, hingen an einem Großrechner und hatten teilweise noch schwarze Bildschirme mit Schrift in Grün, wahlweise auch Gelb oder Orange.

Heute ist es anders: Man sitzt in vollausgestatteten Büros, den großen Bildschirm vor der Nase, für lange Telefonate gibt es ein Headset. Wenn man das, so wie ich häufig, auch zum Musikhören nutzt und dabei das Mikro nach oben klappt, sieht man aus wie ein Teletubbie. Manchmal fühle ich mich auch so: Winke-Winke – oh-ooohhh! Nämlich dann, wenn bei der Nutzung der technischen Möglichkeiten mal wieder übertrieben wird, oder wenn die Technik einfach nicht so funktioniert, wie sie soll. Wenn beides zusammenkommt, wird es echt mühsam.

So auch an diesem Tag, als zu einer internationalen „Webex-Konferenz" eingeladen wurde. Es sollten spannende neue Dinge aus meinem Arbeitsbereich vorgestellt werden. Einladungen wurden verschickt, gleich mehrere, mit Uhrzeiten, Telefonnummern und Zugangscodes, außerdem gab es einen Link, den man anklicken sollte.

Da meine liebe Kollegin und ich beide erfahrene Telefonkonferenz-Teilnehmerinnen sind, ahnten wir schon, dass es aufgrund der Vielzahl der versendeten Einladungen und Dokumente etwas schwieriger werden könnte mit der Teilnahme. Wir gingen also frühzeitig daran, uns einzuwählen, die ganzen Nummern einzutippen und den Stöpsel des Headsets ins richtige Loch zu drücken. Bei der Kollegin klappte das recht schnell, ich bekam jedoch trotz mehrmaliger Versuche immer wieder die Fehlermeldung angezeigt, dass mein Headset über kein funktionierendes Mikrofon verfüge. Irgendwann gab ich es auf und beschloss, einfach meinen Mund zu halten. Schweigen ist ja auch mal schön.

Also meldete ich mich an, sagte brav meinen Namen in das nicht funktionierende Mikro und hörte erstaunt, dass sich in dieser Leitung schon ungefähr ein Dutzend Weltbürger in verschiedenen Sprachen unterhielten. Verstanden hat man nichts, aber das schien keinen außer die pingeligen Germans zu stören. Wir warteten also ab. Während wir warteten, starrte ich gelangweilt auf meinen Bildschirm, der eine weiße Präsentationsvorlage zeigte, und zählte die Kollegen, die nach und nach als „eingeloggt" erschienen. 46 wurden es, eine beeindruckende Zahl. Es würde also keiner merken, wenn ich nichts Konstruktives beitrug.

Irgendwann meldete sich eine Moderatorin zu Wort und versuchte, das Durcheinander zu sortieren. Sie bat darum, dass jeder, der nichts zu sagen hat, sich einfach ruhig verhalten möge. Das hätte auch beinahe geklappt, bis eine Kollegin meinte erzählen zu müssen, wie kompliziert doch das Einwahlverfahren gewesen sei und was ihr dabei alles widerfahren sei. Das mussten andere kommentieren und natürlich waren denen noch unglaublichere Dinge passiert. Ich kommentierte auch, aber das hörte zum Glück keiner. So ein fehlendes Mikro hat durchaus Vorteile, wenn man sich gerade danebenbenimmt.

Irgendwann wurde die Moderatorin energisch und vor allem laut. Sie schlug einfach vor, dass alle ihr Mikro abstellen – sehr pragmatisch. ‚Ätsch', dachte ich. Tatsächlich trat Ruhe ein und es ging los. Der weiße Bildschirm wurde bunt, jemand erzählte ein wenig. Irgendwann redete jemand dazwischen – der hatte einfach sein Mikro wieder angemacht und behauptete, nichts zu sehen. Andere fielen ein, die sahen auch nichts. Allgemeines Getümmel, die Nichtsseher wählten sich neu ein, es dauerte etwas. Dann ging es weiter. Nicht uninteressant, die Sache. Es wurden Filme gezeigt. Die hatten aus irgendeinem Grund keinen Ton, aber ein tanzender Bär im Wald hat auch ohne Ton viel Schönes. Die Moderatorin, die ein bisschen gestresst wirkte, kommentierte das Geschehen in knappen Worten.

Wir sahen auch noch Filme mit Turnschuhen und Autos. Schön bunt, aber nur begleitet durch den etwas zittrig vorgetragenen Kommentar der Moderatorin doch etwas langweilig. Die Veranstaltung drohte gerade einzuschlafen, als sich eine sehr verspätete Kollegin anmeldete und atemlos erzählte, wie leid ihr das nun tue, dass sie zu spät sei, aber es sei doch sehr kompliziert gewesen, sich einzuloggen und überhaupt – alles schrecklich. Sie wurde begrüßt und gebeten, still zu sein. Sie erklärte, dass ihr drei Techniker helfen mussten und… „Please close your microphone!" bat die Moderatorin. Zeitgleich brüllte ich „Schnauze!" in mein Schweigemikro, so dass nun jeder in unserem Großraumbüro wusste, dass es mir gut ging. Immerhin konnten wir danach weiter machen.

Irgendwann ließ uns auch die Bildtechnik im Stich: Die Filme blieben dunkel. Stattdessen sorgte ein Feueralarm, der durch das Büro der Moderatorin dröhnte, für Auflockerung. Wir waren besorgt: Brannte die etwa gerade ab, ohne es zu merken? Sie versicherte uns immer wieder, dass es nur ein Fehlalarm sei und dass ansonsten alles gut sei. Und sie hatte ja recht: Fast 50 Marketingleute saßen mit ausgeschalteten Mikrofonen in ihren Büros, guckten Videos ohne Bild und hörten dazu einen Feueralarm – das war echt gut. Es schienen auch alle zufrieden zu sein, denn als die „Webex" wenige Minuten später abgebrochen wurde, knipsten viele schnell ihre Sprechrohre wieder an und bedankten sich für die informative Veranstaltung. Vielleicht lag das aber auch nur daran, dass Marketingleute sich generell gerne reden hören. Ich habe auch ganz leise „Byebye" gesagt – Winke-Winkeee!

Früher war es ja üblich, längere Reisen im Intercity im voll besetzten Sechser-Abteil durchstehen zu müssen. Ich erinnere mich gut daran, dass meine Schwester und ich immer in diesen vollgestopften Sardinendosen nach München reisten, um dort unsere Tante zu besuchen. Damals gab es noch keine Großraumwagen (und auch keine Klimaanlagen, die ausfallen konnten). Außerdem war ich noch ein Kind, wusste es nicht besser und dachte, dass es halt so sein müsste, dass man sich so eng auf der Pelle sitzt, sich gegenseitig unfreiwillig stundenlang beobachtet und von Mitreisenden zugetextet wird. Reisen wie mit der Postkutsche halt. Meine erste Fahrt in einem Großraumwagen, in dem ich die Beine wunderbar nach vorne ausstrecken und den Blick entspannt auf der Rückenlehne des vor mir Sitzenden ruhen lassen konnte, belehrte mich eines Besseren – seitdem buche ich nur noch Großraum, wenn es denn möglich ist.

Auch heute hatte ich ab Hannover einen Großraumwagen gebucht. Leider fehlte dieser Wagen – da nützte mir meine schöne Reservierung nichts. Zum Glück konnte ich per Express-Reservierung am Bahnhof noch einen anderen Platz buchen, ansonsten wäre die Fahrt im überfüllten Bummel-IC von Hannover nach Frankfurt wohl richtig unkommod geworden.

Schließlich war ich nicht die Einzige, die am Ostermontag unterwegs war. So aber gab es zumindest noch einen Platz in einem Sechser-Abteil. Und dort war es wie immer ziemlich ungemütlich.

Im Grunde hatte ich noch Glück: Mein Gegenüber war nicht besonders groß. Die hochschwangere Frau konnte jedoch nicht mehr so recht sitzen, rutschte vor und zurück und machte uns wahrscheinlich alle ein wenig nervös. Außerdem blieb unser Zug immer wieder auf freier Strecke einfach stehen – was, wenn das Baby gerade in einem solchen Moment auf die Welt hätte kommen wollen? Entbinden im Zugabteil, keine schöne Vorstellung. Ich ertrug also die häufigen Schubser der unruhigen Schwangerenbeine ohne ein Wort der Klage – bloß die arme Frau nicht aufregen!

Ansonsten war es recht ruhig im Abteil, zumindest bis Kassel. Dort stieg ein Plauderer zu. Also so einer, den es nicht weiter störte, dass seine fünf Mitreisenden allesamt Bücher oder Zeitschriften vor der Nase hatten und offensichtlich gut zufrieden damit waren, in aller Ruhe ein wenig zu lesen. Er schwatzte einfach mal so in den Raum hinein, stellte Fragen und interessierte sich für seine Umwelt. Ob man in Kassel immer so lange halte, wollte er wissen, und bemerkte scharfsinnig, dass der Zug recht voll sei. Ja, Ostern halt, haha. Und wo wir denn wohl alle hinwollten – nach Frankfurt, oder gar bis Karlsruhe, so wie er?

Oder noch weiter vielleicht? Dann und wann erbarmte sich jemand, sah von der Lektüre hoch und antwortete sparsam. Als dem Plauderer diese Art der Konversation zu langweilig wurde, verlegte er sich auf das, was gemeinhin eher ältere Damen tun: Er begann, in seiner Tasche zu wühlen. Ich ergründete nicht, was er dort suchte, und versuchte, das Gewühle auszublenden. Natürlich erfolglos. Irgendwann fühlte ich mich an das Lied vom Handtäschchen von Horst Koch erinnert – *„sie macht das Handtäschchen auf, holt das Geldtäschchen raus …"* - nur, dass dieser Herr nichts aus der Tasche herausholte. Er wühlte nur. Taschenbuddeln in Vollendung, mit einer Energie, die an den großen Goldrausch erinnerte. Schloss die Tasche wieder, stand auf, stellte die Tasche auf die Kofferablage, setzte sich, stand wieder auf, holte die Tasche runter, wühlte darin herum. Wahrscheinlich war diese Aktivität unsere Strafe dafür, dass wir nicht mit ihm plaudern wollten. Wir anderen hielten tapfer durch: Keiner fragte, was denn gesucht würde, alle starrten fest auf den Lesestoff und dachten wahrscheinlich an das Lied vom Handtäschchen.

Mit nur einer halben Stunde Verspätung erreichten wir schließlich Frankfurt – für einen Feiertag gar nicht so schlecht. Drei von sechs Reisenden aus unserem Abteil stiegen dort aus. Alle wirkten erleichtert. Den Wühler ließen wir in der Obhut des Paares zurück, das nach Karlsruhe wollte. Die Drei hatten also noch schön Zeit, miteinander zu plaudern.

Eines vorab: Ich bin ein digitalbegeisterter Mensch. Ich besitze deutlich mehr Geräte, als eine Einzelperson benötigt, und arbeite im Digitalmarketing. Ohne ein Internetgerät bei mir gehe ich selten aus - es kommt aber vor. Und doch lassen mich einige Dinge kopfschüttelnd davorstehen – vor dem digitalen Wahn.

Immer wieder werden inzwischen Dinge angepriesen, deren Nutzen sich mir überhaupt nicht erschließt: Die elektrische Zahnbürste, die via App mit meinem Smartphone kommunizieren will – was haben die beiden sich denn so Wichtiges zu erzählen? Ob ich ordentlich geputzt habe oder ob sich Karius und Baktus noch am linken hinteren Backenzahn tummeln? Oder ob ich gar das Putzen geschwänzt habe, was nach einer großen Ladung Wein mit Korn wohl mal vorkommen kann? Klingelt dann mein Handy so lange, bis ich mich noch mal hochrapple und die lästige Pflicht nachhole? Oder werden meine Putzdaten sofort an meine Krankenkasse weitergegeben, die mir die Beiträge erhöht, wenn ich die falsche Zahnpasta benutze? Mysteriös …

Auch Waagen unterhalten sich inzwischen gerne mit dem Smartphone. Auf mein Gefrotzel, dass das Gerät die Gewichtsveränderungen dann wohl direktemang an Facebook weiterleiten würde, antwortete meine Kollegin mir ganz ernst: „Nein, das habe ich abgestellt." Na, was für ein Glück. Wer weiß, wie das sonst auf Facebook auftauchen würde? Vielleicht in so einem blauen Rahmen, wo auch immer diese Wesenstests drin auftauchen: „Welcher Rocksong bist du?" (Born to be wild!), oder „Welche Figur der griechischen Mythologie ist dir am ähnlichsten?" (Ariadne mit dem Bindfaden). Am Ende würde da dann stehen: „Meike, du bist eine Kreuzung aus Elefant und Buckelwal!", oder so ähnlich.

Diese totale Vernetzung führt zu verstärkter Selbstbeobachtung und „Selbstoptimierung", das kann man inzwischen überall lesen. Kürzlich sah ich im Fernsehen sogar einen kleinen Bericht, indem es darum ging, dass Krankenkassen überlegen, das Tragen dieser Selbstbeobachtungsarmbänder oder -uhren zu fördern. Eben wegen der Selbstbeobachtung, die ein dauerhaft schlechtes Gewissen produziert und so die Leute dazu brächte, sich mehr zu bewegen. Wenn dem tatsächlich so ist, ist das vielleicht ganz gut. Bei mir war es allerdings so, dass die ersten Menschen mit Fitnessarmband, die ich kennenlernte, Unternehmensberater waren, die 16 Stunden am Tag gearbeitet haben. Von Bewegung war da nicht die Rede, aber vielleicht können diese Dinger ja auch Herzinfarkte registrieren, an eine App senden und auf Facebook posten – das könnte in der Tat nützlich sein. Zumindest könnten dann alle Freunde den „traurig"-smiley drücken.

Gestalten wie ich, die ohnehin zur Hypochondrie neigen, könnten auf die ständige Analyse des Befindens auch mit Hysterie reagieren. Ich würde mich bei jeder Pulserhöhung wohl vorsichtshalber in die Nähe der Uniklinik begeben. Ich denke außerdem an einen Kollegen, der solch ein Armband besaß, das auch seinen Schlaf beobachtete. Kaum trug er es, stellte er mit Entsetzen fest, dass er kaum schlief – zumindest behauptete das das Armband. Er saß folglich übermüdet, gähnend und dem Erschöpfungstod nahe am Schreibtisch und litt gar fürchterlich. Fragte man ihn, wie er denn rein vom Gefühl her seinen Schlaf beurteile, meinte er immer, er hätte gut durchgeschlafen, aber offensichtlich nicht erholsam. Das bewies ja das Armband. Zum Glück gab das Ding irgendwann den Geist auf, was den Schlaf auf der Stelle wieder verbesserte und den Kollegen gesunden ließ.

Hinzu kommt noch, dass die moderne Technik kein Verständnis für unsere Wünsche und Bedürfnisse hat: „Ich dachte, mein iPhone lobt mich mal", äußerte eine Kollegin ihre enttäuschte Hoffnung. Sie hatte beim Sport so gerackert und dieses schnöde Ding hatte ihre Bemühungen lediglich registriert, nicht aber gelobt. Wofür dann das Ganze?

Ein anderer Bekannter wurde digital gelobt, das aber war auch nicht recht: Es stand auf Facebook zu lesen, dass er 1,4 Kilometer gejoggt sei, in 25 Minuten – herzlichen Glückwunsch! Natürlich erntete er sofort hämische Kommentare, etwa die Frage, ob er einen Stein im Schuh gehabt habe oder ob er verletzt sei. Seine etwas verlegene Begründung, dass er den aufdringlichen Leistungsberichterstatter versehentlich eingeschaltet habe, als er morgens zum Brötchenholen geschlendert sei, sorgte nur für eine geringe Schadensbegrenzung.

Mir ist diese ständige Selbst- und Fremdbeobachtung durch irgendwelche Digitalgeräte etwas unheimlich. Daher schalte ich die GPS-Funktion meines Handys generell aus und poste auch nicht mein Essen auf Facebook. Es stört mich zwar nicht, wenn andere Leute all dieses tun, aber ich brauche das nicht. Und ich glaube, dass wir in einigen Bereichen auf einem unguten Weg sind – die totale Aufgabe der Privatsphäre bis hin zur Veröffentlichung der Vitalwerte kann nicht der Sinn all dieser eigentlich schönen digitalen Möglichkeiten sein.

Ich fahre ja wirklich gerne Zug. Zum einen, weil ich gerne unterwegs bin und kein Auto habe. Zum anderen, weil ich es meistens entspannend finde und es im Zug immer allerhand zu gucken gibt. So war es auch heute, auf der Reise von Usedom zurück nach Frankfurt. Das ist im Grunde eine einfache Sache: Man steigt in Usedom in den Zug, fährt mit der Usedomer Bäderbahn nach Züssow, wo wenige Minuten später eine Bimmelbahn (Entschuldigung, ein Regionalexpress, wollte ich natürlich sagen) nach Berlin fährt, hat in Berlin jede Menge Aufenthalt und kann bummeln gehen. Irgendwann geht es dann weiter nach Frankfurt. Soweit die Theorie. Einigen Leuten fallen aber diese einfachen Dinge schon schwer. Mir, zum Beispiel.

Im Grunde ging es in Bansin schon los: Mein vollgepackter Koffer war mal wieder viel zu groß und zu sperrig für die Usedomer Bäderbahn, die leider nicht auf Reisende mit Gepäck eingerichtet ist. Blöd für eine Bäderbahn, aber nicht zu ändern. Ich rammte meinen Koffer also zwischen einige Fahrräder, setzte mich nieder und schlief ein bisschen. Als ich wieder zu mir kam, hatte jemand ein Fahrrad an die Stelle gestellt, wo zuvor mein Köfferchen gestanden hatte, und diesen wahrscheinlich ordentlich woanders platziert. Von dort hatte das Vier-Rollen-Model (sowas kaufe ich übrigens nie wieder) sich selbstständig gemacht, rollerte durch die Gegend und dotzte freundlich meine Mitreisenden an. Ich entschuldigte mich brav, fing das Ding ein, kämpfte ein wenig damit und stellte es im Endeffekt einfach irgendwo ab, weil mir nichts Besseres einfiel. Dann schlummerte ich weiter. Irgendwann wurde ich wach, weil die Bahn stand. Wo waren die denn alle hin? *„… fährt nach kurzem Aufenthalt weiter nach Greifswald"*, hörte ich und begriff: Wir waren in Züssow, mein Koffer stand schon fast am Ausgang (wohl, weil sich alle daran vorbeidrängeln mussten) und ich war im Begriff, nach Greifswald zu reisen. Oh Himmel, nun aber flott! Mit viel Gepolter und Geschrei sprang ich aus dem Zug, den Koffer hinter mir her schleifend, die Jacke wie eine Fahne über den Rücken baumelnd. Puh, geschafft – das war knapp.

Der nächste Zug war, wenn das möglich ist, noch schlechter in Sachen Gepäckaufbewahrung. Ich verkeilte mich gleich nach dem Einsteigen mit meinen Gepäckstücken und verursachte einen Stau, den ich nur lösen konnte, indem ein netter Mann beim Koffer zupackte und ihn halb zwischen zwei Sitze keilte. Die andere Hälfte ragte in den Gang, aber das kannten wir ja jetzt schon. Und ich kannte sogar den netten Mann: Das war einer von denen, die in der Bäderbahn schon Kontakt zu meinem Koffer gehabt hatten. Gut, dass der nicht nachtragend war. Er wagte es sogar, sich mir schräg gegenüberzusetzen. Und das war gut so.

Ich entspannte mich. Schließlich würde ich nun zweieinhalb Stunden in diesem Zug unterwegs sein. Vielleicht sollte ich etwas lesen, oder noch ein wenig schlafen? Ohne dass ich viel dafür getan hätte, fiel meine Wahl auf Letzteres: Ich schlief. Und ich träumte irgendein wirres Zeug, das mich völlig verschreckt aufwachen ließ. Und der Zug stand – schon wieder! Alles in mir schrie Alarm, ich sprang hoch, grabschte nach Rucksack und Jacke, verbreitete Panik, fiel fast über den festgeklemmten Koffer. Und hörte plötzlich die Stimme des netten Mannes: „Wollen Sie wirklich hier aussteigen?" Ich spähte hinaus: Das sah nicht so richtig nach „Berlin Hauptbahnhof tief" aus. Aber was war es dann? Ratlos guckte ich herum. „Wir sind in Pasewalk", erklärte der Mann, und seine Stimme klang dabei sanft und verständnisvoll. Ob er von Beruf Psychologe war? Mein Herzschlag beruhigte sich langsam und ich setzte mich wieder. Pasewalk – was es alles für Orte gab. Und wo die überall Bahnhöfe hinbauten. Rings um Pasewalk herum war übrigens nicht viel, was mich im Nachhinein noch einmal froh darüber stimmte, dass ich hier nicht ausgestiegen war. Allerdings belehrte mich der eilends aufgerufene Artikel auf Wikipedia darüber, dass Pasewalk ein mittelalterlicher Ort ist, in dem es allerhand zu sehen geben soll. Der Eintrag war unglaublich lang, hier war ohne Zweifel ein wahrer Pasewalk-Enthusiast am Werk gewesen. Oder vielmehr mehrere – aber dazu später.

Ich beschloss, dass es zu gefährlich wäre, wenn ich nochmal einschliefe, und guckte deshalb interessiert aus dem Fenster. Dabei kann ja nichts passieren – eigentlich. Wenn man aber man so ganz entspannt ist und an nichts Schlimmes denkt, kann es manchmal vorkommen, dass man sich verschluckt: an der Atemluft oder der eigenen Spucke. Oder einem Gemisch aus beidem, so genau kann man das ja immer nicht nachvollziehen. Ich begann krampfhaft zu husten und rang nach Luft. Alle meine Mitreisenden verfolgten gebannt meinen Überlebenskampf, auch der nette Mann. Dem sah man allerdings ein wenig sein Bedauern darüber an, dass er mich nicht in Pasewalk hatte aussteigen lassen, denn dann hätte ich jetzt in aller Ruhe und unbemerkt von der Öffentlichkeit mein Leben aushauchen können, ohne dass sich irgendjemand deswegen hätte schlecht fühlen müssen. Zum Glück wurde ich den hinderlichen Tropfen in meiner Kehle ohne Herzdruckmassage und Mund-zu-Mund-Beatmung wieder los und schaffte es, mich unauffällig zu verhalten.

Ich vertiefte mich noch einmal in den Wikipedia-Artikel über Pasewalk: Es war immer allerhand los da. Und es ist auch immer noch allerhand los, auch wenn der Ort kaum mehr 11.000 Einwohner und eine enorm hohe Arbeitslosigkeit hat. Man kämpft dort sehr mit braunem Gedankengut, soll heißen, die NPD ist stark und Unbelehrbare bringen den Ort in Verruf. Und während ich in dem Artikel schmökerte, fiel mir auf, dass diese Leute offenbar auch in diesem Wiki-Eintrag herumgefuhrwerkt haben. Denn in der Liste der wichtigen Pasewalker Bürger und Honoratioren finden sich auch Leute, deren ehrenhaftes Wirken darin bestand, Obersturmführer bei der SS gewesen zu sein. Hier offenbart sich mal wieder die Schwäche der eigentlich von mir geschätzten Wikipedia: Jeder Vollhorst kann etwas dazu schreiben.

Jener Samstag war zum Einkaufen wie gemacht: Nicht zu kalt und nicht zu warm, kein Weihnachten in Sicht und auch keine komischen Sonderaktionen, die hätten bewirken können, dass massenweise Schnäppchenjäger unterwegs gewesen wären. Aber schon Schlussverkauf bei den Gartenmöbeln, oder vielmehr „Sale", wie man das inzwischen nennt. Meine Freundin Antje brauchte ein paar Utensilien für ihre kleine Zweitwohnung.

Wir brausten also frohen Mutes los, enterten das Möbelhaus und wurden schnell fündig: Ein wenig Kleinkram landete in unserem roten Einkaufstrolley. Weiter ging's: Eine Wäschetonne und irgendetwas, wo man abends mal eben ein paar Kleider drauflegen kann, wurden noch gesucht. Wir schlenderten herum, es eilte uns nicht, wir guckten hier, guckten dort. Irgendwann schielte ich zwischen den Möbeln hindurch und sah Antje, die einen verzückten Gesichtsausdruck sehen ließ und eifrig einen bunten, würfelförmigen Hocker herumdrehte und betrachtete. Diesen Ausdruck kannte ich: „Will haben!", sagte der - der Hocker sollte mit. Ich trat dazu, gab mein Urteil ab: „Geiles Teil!", und checkte den Preis. Reduziertes Ausstellungsstück, auch das noch! Nur noch zwei davon da! Also schnell einen schnappen und los.

Doch wir wurden ausgebremst: Zuerst von der Tatsache, dass der Hocker, wenngleich auch nur ein Höckerchen, nicht in unseren roten Plastiktrolley passte. Und dann von der Verkäuferin, die nicht wollte, dass wir diesen entzückenden kleinen Poschmeichler gleich mitnahmen. Denn ein Hocker, ja, auch ein Höckerchen, ist ein Möbelstück, für den braucht es einen ordentlichen Kaufvertrag. Aha!

Antje ließ sich einen Kaufvertrag ausstellen: richtig schick, mit Lieferadresse und allem Drum und Dran. Der kleine Hocker bekam einen orangenen Aufkleber: „Verkauft" stand da drauf. Ja, verkauft, an Antje! Aber mitnehmen sollte sie ihn nicht. Möbel holt man an der Warenausgabe ab.

Wir machten lange Gesichter. Was für ein Gedöns: Da sollte jemand den Hocker durch den Laden ins Lager schleppen und wir sollten um den Laden rumfahren, einen Zettel abgeben, auf Aufruf warten und ihn da abholen. Die Verkäuferin zeigte sich einsichtig, wahrscheinlich hatte sie dazu auch keine Lust. Wir sollten doch einfach durch den Laden laufen, uns an der Kasse anstellen, bezahlen, zurücklaufen, das Sitzmöbel holen, fertig einkaufen, uns noch mal anstellen und den Rest bezahlen. Hmmm … ja, für die Verkäuferin war diese Variante besser. Wir blieben skeptisch und gaben uns stur.

Irgendwann willigte die arme Verkäuferin ein, uns das Objekt der Begierde sofort mitzugeben –

wahrscheinlich wollte sie uns los werden. Also besorgte Antje einen Wagen, während ich das edle Stück bewachte. Aufladen, weitershoppen, irgendwann zur Kasse, anstellen … waaaarten. Irgendwann waren wir dran. Ich zahlte meine paar Teile, problemlos, wohlgemerkt. Antje hatte da mehr auszustehen: „Der Hocker ist ein Möbelstück, den können Sie so nicht mitnehmen. Für den brauchen Sie einen Kaufvertrag!" Tadaa – der Vertrag wurde präsentiert. „Eigentlich müssen Sie so etwas erst bezahlen, dann abholen." Ja, eigentlich. Es gibt immer Leute, die unpraktisch veranlagt sind, das muss uns ja nicht kümmern. Mit sichtlichen Zweifeln an unserer Rechtschaffenheit ließ sich die Kassiererin auf die Sache ein und Antje durfte den Hocker bezahlen. Man klebte noch einen Aufkleber drauf, einen gelben dieses Mal. „Verkauft!", stand da drauf – schon wieder.

Wir zogen heiter weiter, Sachen einladen und was trinken stand auf dem Programm. So ein Einkaufstrip macht schließlich durstig! Wir kamen leider nur bis zur Tür. Dort wurden wir von einem hoch motivierten Menschen von der Security - das sind die, die sich um die Unruhestifter kümmern – aufgehalten. Natürlich wegen des Hockers, was sonst. „Sie haben da diesen Hocker …!" „Jaaaa, den habe ich gerade bezahlt!" Wer Antje kennt, weiß, wie sie bei diesen Worten geguckt hat – gefährlich! Wir wiesen emsig auf die Aufkleber, den orangen und den gelben:

„Verkauft!" Der junge Mann schüttelte den Kopf. „Ich brauche den Kaufvertrag!", sagte der, der die Ladendiebe fängt. Der Vertrag war inzwischen schon ganz abgegriffen, erfüllte aber seinen Zweck. Wir durften passieren.

Im Nachhinein wunderte ich mich darüber, dass der, der die Unholde bekämpft, sich so zielstrebig auf uns gestürzt hat. Ohne Zweifel, der hat auf uns gewartet. Irgendjemand, wahrscheinlich die geplagte Verkäuferin, hat den vor uns gewarnt: „Kollege, da kommen gleich zwei ganz zweifelhafte Subjekte raus, die wollen einen Hocker klauen! Verhafte die!" Nur so und nicht anders wird das gewesen sein.

Eigentlich war es ein sehr schöner Tag gewesen: Ich war mit meiner Schwester an der Ostsee, wir waren touristisch unterwegs (in Travemünde, glaube ich) und ließen den Abend in einem guten Fischrestaurant ausklingen. Auch dort war alles so, wie es sein sollte: lecker Fischplatte, Weißwein und Mineralwasser. Und es kam, wie es kommen musste: Ich musste mal.

Toiletten in Restaurants sind ja oftmals ein Abenteuer, und so war es auch in diesem Fall. Zwar war die Anlage an sich sauber und ordentlich, aber man musste da erst mal hinkommen: Quer durch's Lokal, hinter der Theke links, durch die Tür raus, rechts, die Treppe runter, einen finsteren Gang entlang, nochmal ums Eck – und irgendwann war man da. Ich wählte eine Kabine und machte, was gemacht werden musste.

Als ich fast fertig war, ertönte ein Knall: Irgendjemand – oder irgendetwas? – hatte ganz offensichtlich die Tür zum Waschraum ausgerissen, eingetreten oder auf andere Weise aus den Angeln gehoben. Ich erschrak fürchterlich – Feueralarm? Doch statt einer Sirene hörte ich, wie etwas die Kabine neben mir besetzte. Unter furchtbarem Schnaufen, Stöhnen und Grunzen passierte dort etwas Fürchterliches – aber was? Ich hatte Angst und erinnerte mich daran, dass ich als Kind auf unbekannten Toiletten immer gefürchtet hatte, etwas könnte von unten kommen, mich am Hintern packen und in die Kanalisation zerren. Das mit dem Reinzerren ist inzwischen nicht mehr so einfach, schließlich bin ich etwas breiter geworden, aber die unheimlichen Geschehnisse nebenan ließen mich erstarren. Ein Rauschen wie von einem Wasserfall, jämmerliches Jaulen einer gequälten Kreatur – meine Ohren begannen zu bluten. Nur langsam konnte ich mich dazu durchringen, mich zu erheben, meine Hose hochzuziehen und zu spülen. Oder wäre es vielleicht klüger, nicht zu spülen, um keine Aufmerksamkeit zu erregen? Ich beschloss, den Spülknopf zu drücken und zeitgleich aus der Kabine zu stürzen, dann ohne die Hände zu waschen aus dem Waschraum zu stürmen und laut nach Hilfe zu rufen. „Ein Monster! Ein Monster! Ein Monster ist im Klo, zu Hülf, zu Hülf!" Ich stellte mich zurecht.

Und dann ging alles ganz schnell: Ich schlug auf den Spülknopf und riss die Tür auf. Zeitgleich hörte ich das Spülen aus der anderen Kabine und auch diese Tür öffnete sich. Ungelenk stießen wir zusammen, das Monster und ich, verkeilten uns zwischen Waschbecken und Tür. Ich wollte schreien, doch machte nur atemlos „Phhhüüü". Und das Monster lächelte. Das Monster war eine Frau. Es sah aus wie eine ganz normale Frau der Sorte „ältliche norddeutsche Bauersfrau". Es lächelte und ließ mir am Waschbecken den Vortritt. Dabei versuchte es sich im Smalltalk: „Mensch, war das eilig. Ich dachte, ich schaff's nicht mehr. Kennen Sie das auch, dass Sie so dringend müssen, dass Sie an nichts Anderes mehr denken können?" Ja, danke, das kenne ich auch. Habe ich schon erlebt, sowas. Aber ob ich dabei auch solche unheimlichen Geräusche von mir gebe, weiß ich nicht. Eigentlich will ich es nicht hoffen.

Ich verließ den Waschraum recht eilig, denn so ganz traute ich dem Braten noch nicht. Man hat ja schon was von Körperwandlung gehört und so – nach vorne Bäuerin und hintenrum Tyrannosaurus Flex. Ich schlief sehr schlecht in jener Nacht.

Kürzlich hatte ich meine Freundin Kerstin aus Hamburg zu Besuch. Wir kennen uns schon über 20 Jahre und in all der Zeit haben sich gewisse Rituale entwickelt – solche angenehmen Dinge wie lange zu frühstücken oder bestimmte Orte zu besuchen. Wenn wir gemeinsam in Frankfurt sind, gehört zum Beispiel ein Besuch einer großen Parfümerie auf der Zeil immer dazu. Das hat verschiedene Gründe, führte aber dieses Mal zu einer ausgedehnten Sozialstudie, die uns, weil wie die Sache nicht so ernst nahmen, viel Spaß machte.

Um die Sache genauer zu beschreiben, muss ich etwas weiter ausholen. Ich war nämlich vor etwa zwei Jahren auch einmal in diesem Tempel der Düfte und machte damals eine Beobachtung, die ich seitdem schon mehrfach verifizieren konnte: Der Laden ist streng hierarchisch organisiert und strukturiert. Damit meine ich nicht nur, dass die meisten Stockwerke den Damen vorbehalten sind – immerhin hat man den Herren das Kellergeschoss gelassen – sondern auch die Anordnung der Produkte speziell im Duftbereich, sowie die Behandlung der Kunden, die sich dort unbedarft tummeln.

Vor zwei Jahren wollte ich meiner Schwester ein Duftwässerchen zum Geburtstag kaufen. Ich hatte sie nach ihren Wünschen gefragt und eine diffuse Antwort bekommen: „Ach, weiß ich auch nicht. Mal was Neues. Such' du was aus!" Aha, na gut. Eigentlich kein Problem, ich kaufe ja für mein Leben gerne sowas ein und benutze es auch viel. Also frohen Mutes hinein in den Dufttempel, die Rolltreppe hoch und umgucken. Wie üblich liefen Schwärme von Verkäuferinnen herum und ich dachte, warum nicht mal beraten lassen? Ich quatschte also eine der Damen an, beschrieb mein Begehr und fragte nach einem Tipp. Die Antwort war ernüchternd: Nach einer kurzen Musterung meines wie üblich legeren Erscheinungsbildes – und damit meine ich nicht, dass ich aussah wie die letzte Trümmerlotte - nickte sie kurz und wies mit einer lässigen Handbewegung auf die Wand gleich an der Treppe. Da solle ich mal gucken, da würde ich schon irgendwas finden. Hmpf, na bravo, danke für das Gespräch.

Ich tappste also an die ausgewiesene Wand und schnüffelte etwas herum. Es gab dort eher günstige Produkte, stellte ich fest, an dieser Wand und den umstehenden Tischen waren eher so der „Mainstream" und die Sonderangebote aufgestapelt. Das machte mir erst mal nichts aus, ich kaufe ausgesprochen gerne Sonderangebote. In diesem Falle merkte ich mir das eine oder andere Produkt und schnupperte mich weiter durch den Laden. Ich fand die mittelpreisigen Produkte und war irgendwann wohl in der ganz teuren Ecke. Dort wurde ich ganz plötzlich wieder von der gleichen Verkäuferin angesprochen: „Sie wissen schon, dass Sie hier in einer ganz anderen Preisklasse gelandet sind?" Das war mir nicht wirklich bewusst gewesen, es machte mir aber auch nichts aus – schließlich habe ich nur eine liebe Schwester, und der kann ich auch mal was Teures aussuchen, wenn mir danach ist. Was mich aber völlig verblüffte, war der Tonfall, den die Dame anschlug. Den fand ich bestenfalls … unangemessen. Ich antwortete also ebenso arrogant: „Ich habe ja auch nicht gesagt, dass ich sparen muss." Und da ging eine Veränderung in der Dame vor: Plötzlich wurde ich interessant. Anscheinend witterte sie das große Geschäft, vielleicht bekam sie auch für gewisse Produkte Provision. Das weiß ich nicht, und es geht mich auch nichts an. Auffällig war jedoch das plötzlich komplett andere, kundenfreundliche Verhalten. Ich wurde beraten, Flakons wurden extra für mich ausgepackt, duftende Pappstreifen wedelten vor meiner Nase herum. Und als ich mich entschied, nicht nur ein Fläschchen zu kaufen, sondern gleich zwei (damit ich nicht neidisch auf meine Schwester sein müsste – Neid ist schließlich eine Todsünde!), rannte die Dame los, um mir noch extra Proben und eine besondere Creme zu besorgen, außerdem Rabattgutscheine und Gedöns. Ich war platt.

In den vergangenen zwei Jahren konnte ich nun mehrfach beobachten, dass Käufer aus der teuren Ecke, zu denen ich manchmal, aber nicht immer gehöre, deutlich bevorzugt behandelt werden. Und jetzt nähere ich mich wieder dem letzten Wochenende, an dem ich mit Kerstin einkaufen war. Dieses Mal erlebten wir die Zwei-Klassen-Gesellschaft hautnah.

Wie üblich schlenderten wir erst ein wenig herum, wurden auch von Verkäuferinnen angesprochen und lehnten Beratung zunächst ab, weil wir einfach nur gucken wollten. Kerstin hatte jedoch ein Ziel, sie wusste schon, was sie haben wollte. Und ich guckte mal wieder hier und da, unsere Wege trennten sich. Kerstin fand irgendwann ihr Produkt – es war im Sonderangebot. Darüber freute sie sich und ging schon mal zahlen. Als sie wieder auf mich zukam, sah ich gleich, das etwas nicht stimmte: Denn statt der schönen Tüte, die es sonst immer in diesem Laden gab (die meisten Leser kennen sie wahrscheinlich, es sind diese Taschen aus glänzendem Papier mit der Kordel obendran) hatte sie eine ganz dünne, lumpig aussehende kleine Plastiktüte bekommen. „Guck mal, was die hier jetzt für komische Tüten haben!", sagte sie und wedelte klagend mit dem Säckchen.

Ich hatte mich inzwischen auch für ein Produkt entschieden. Das musste mir eine Verkäuferin aus einer niedrigen Schublade geben: Da bekommt der Ausdruck „Bückware" doch gleich ein ganz anderes

Gepräge. Übrigens durfte erst die dritte Verkäuferin, die sich um mich bemühte, tatsächlich die Ware dort rausgeben. Anscheinend muss man sich zum Verkaufen in der teuren Ecke erst hochdienen. Die, die es schließlich durfte, war aber sehr nett und drückte mir gleich noch vier Proben zusätzlich in die Hand (die ich hinterher natürlich mit Kerstin teilte).

An der Kasse das übliche Gewese für die Nicht-Sonderangebotler: „Haben Sie eine Kundenkarte? Darf ich Ihnen hier noch einen Gutschein dazugeben? 10% auf Ihren nächsten Einkauf … Und dann habe ich hier noch ein paar Cremeproben, und hier ist noch ein ganz neuer Duft! Tragetasche?" Eigentlich brauchte ich keine, ich habe immer einen Rucksack dabei, aber das wollte ich nun doch mal wissen. Und tatsächlich bekam ich eine schöne, glänzende Papiertüte, voll mit Zugaben und Zeug. Kerstins Gesicht, als ich damit strahlend herüberwinkte, war wirklich filmreif.

Natürlich ist es total egal, was für eine Tüte man bekommt, wenn man ein Parfüm kauft. Doch diese Ungleichbehandlung in diesem Laden ist so auffällig, dass es schon eine gewisse Komik hat. Ich weiß auch nicht, was das Unternehmen sich dabei denkt – damit machen die sich doch keine Freunde.

Wie haben uns den Rest des Tages über Kerstins kleine Tüte amüsiert. Wann immer sie mir widersprechen wollte, musste ich nur auf das armselige Beutelchen deuten und sie wusste, wo der Hammer hing.

Kleinlaut wurde ich nur, als wir beim Kaffeetrinken saßen und eine Asiatin das Café betrat, die eine bestimmt 50 X 50 cm große glänzende Papiertüte dieses Ladens dabeihatte. Die war ja dreimal so groß wie meine – die Dame musste irgendwas verdammt richtig gemacht haben. Bewundernd sah ich sie an, und hätte sie etwas zu mir gesagt, hätte ich es nicht gewagt, zu wiederspechen. Gegen so eine tütorale Machtdemonstration hätte ich nicht anstinken wollen.

„Du verbringst dein halbes Leben mit Warten", sagte Wolfgang gerne zu mir und bezog sich damit auf meine Angewohnheit, immer etwas zeitlichen Puffer vor Terminen oder Abreisen einzuplanen. „Und du mit Rennen", konterte ich und war zufrieden damit. Ich warte nämlich lieber als dass ich renne – und ich mache mich nicht gerne zum Affen. Das passiert nämlich unweigerlich, wenn man ständig zu spät dran ist.

Gerne denke ich zurück an den Abend, an dem Wolfgang, mit dem ich damals das Büro teilte, mal wieder besonders gelassen herumwurschtelte, obwohl er an diesem Abend noch nach Wien fliegen wollte. Irgendwann hielt ich es nicht mehr aus und machte ihn auf die Uhrzeit aufmerksam. „Ja, Kruzifix!", entfuhr es dem Österreicher. Hektisch begann er, durch das Büro zu turnen. Zuerst riss er sich das Sakko vom Leib, dann das Hemd und die Hosen. Den Anblick seiner Schlüpfer – zumeist in fröhlich-bunten Farben mit dunklerem Rand – kannte ich schon und auch die magere Brust brachte mich weder zum Erbleichen noch zum Erröten. Er schmiss sich in den Freizeit-Dress (Jeans und T-Shirt), knallte seinen Koffer auf den Tisch und stopfte den armen Anzug hinein. Koffer schließen und losrennen war das nächste. Fünf Minuten später kam er wieder: Laptop vergessen.

„Weißt du, wo die Tasche dafür ist?" Nö, das wusste ich nicht. Ehrlich gesagt interessierte mich das auch nicht. Also wurde das Spiel mit dem Koffer wiederholt: Auf den Tisch knallen, Laptop reinstopfen. Irgendetwas fiel ihm noch ein, er wühlte im Schreibtisch, fand nicht, was er suchte. Egal. Er griff sich seinen Koffer, rannte wieder los, das Gepäckstück schwungvoll durch den Raum schleudernd.

Er hatte vergessen, den Koffer richtig zu schließen.

Der ganze Inhalt ergoss sich auf den Fußboden, einschließlich des Laptops und der schmutzigen Socken vergangener Tage. „So eine damische ..." Wolfgang tauchte unter den Schreibtisch und raffte seine Utensilien zusammen. Ich saß derweil mit angezogenen Beinen auf meinem Stuhl, um bloß nicht zu stören. Um mich irgendwie nützlich zu machen, fragte ich: „Soll ich dir ein Taxi rufen?", und er grunzte. Er hatte sich gerade hörbar den Schädel an der Tischkannte angeschlagen, das schien Auswirkungen auf sein Sprachzentrum gehabt zu haben. Ich telefonierte, er kämpfte, wühlte, schwitzte. Endlich war der Koffer wieder gefüllt und wurde mühsam verschlossen. Wolfgang raste los, nicht ohne sich in der Tür nochmal umzudrehen: „Danke, dass du nicht gelacht hast!" Damit verschwand er.

Und er hatte Recht, ich hatte bei dem ganzen Theater nicht eine Mine verzogen. Und auch nicht gelacht. Das tat ich erst, als mein Blick auf das fiel, das er in der Eile nicht wieder in den Koffer gequetscht hatte: Auf seinem Schreibtisch stand einsam und verlassen der Laptop. Ich schloss ihn in den Schrank – nicht, dass das gute Stück noch wegkam.

Überall ist es zu lesen: Der Fachkräftemangel kommt über uns, oder er ist sogar schon da. Zumeist bezieht man sich bei diesen düsteren Prognosen auf technische oder pflegerische Berufe, dabei gibt es doch eine Branche, da ist der Fachkräftemangel offensichtlich schon da: Bei den Bäckereiverkäufern! Also zumindest da, wo ich meine Backwaren kaufe.

Ich kaufe mein Brot und – seltener – meinen Kuchen gerne in Bio-Qualität beim Händler meines Vertrauens. Die Sachen dort sind immer lecker, halten lange (bei einem Single ja nicht unwichtig) und stellen mich rundum zufrieden. Gerade der Kuchen schmeckt zumeist deutlich besser, als er aussieht – das ist bei anderen Bäckereien leider oft andersrum. Aber manchmal frage ich mich doch, ob es da auch mal warenkundliche Schulungen gibt. Oder zumindest irgendwelche Dokumente, in denen die Mitarbeiter mal nachgucken können, was sie da überhaupt verkaufen und wie man das macht.

Natürlich ist nicht jeder Kaufakt dort merkwürdig und gerade meine „Frühmorgens-Frischkäse-Kresse-Bagel-Verkäuferin" weiß offensichtlich, was sie da tut. Amüsant fand ich aber die Dame, die mir statt einem Rhabarberkuchen einen Apfelkuchen auflud (kann mal passieren) und dann, als ich so ein Dauergebäck mit Erdnüssen orderte, dieses nicht finden konnte. „Meinen Sie dieses?", wies sie auf etwas mit Walnüssen. „Nein, das mit den Erdnüssen, etwas dahinter." Sie suchte herum: „Das da?" „Nein, das sind ja Mandeln, warten Sie mal …" Ich machte mich lang und zeigte ganz genau, was ich gerne haben wollte. „Ach das meinen Sie! Das sind Peanuts!" Sie hielt das Ding hoch und nickte nachsichtig: keine Erdnüsse, Peanuts. Also gut, von mir aus auch Peanuts.

Das nächste Mal beölte ich mich, als ein Mann den jungen Verkäufer fragte, was das denn Rötliches in dem Brot da sei. Das sei ein Roggenbrot, erklärte die Fachkraft hinter der Theke, das Rote sei ein besonderer Roggen. Der Mann wirkte wenig überzeugt und ich half aus: Ich habe dieses Brot nämlich sehr oft daheim, es ist lecker und bleibt lange frisch, was unter anderem an den verarbeiteten Karotten liegt. Der gleiche Verkäufer gab einer Dame, die nach den Inhaltsstoffen eines Brotes fragte, ebenfalls vollumfänglich Auskunft: Das sei aus Getreide, verkündete er – aha.

Die größte Verwunderung überkam mich jedoch, als ich kürzlich fröhlich mit meinem frischen Brot nach Hause kam und mir damit mein Abendbrot richten wollte. Ich hatte es schneiden lassen – eine Schneidemaschine gibt es nämlich auch. Ich nahm das oberste Brot raus – den Kanten (oder Knust, oder wie auch immer) und dachte „Der ist aber dick". Naja, dicke Endstücken sind ja keine Seltenheit, aber da ich zwei Brote essen wollte, griff ich noch eines aus der Tüte. Auch so dick – mehrere Zentimeter. Stirnrunzelnd nahm ich das ganze Brot aus der Tüte und zählte fasziniert nach: Sieben Scheiben, oder besser: sieben Klafter. Der begabte junge Mann hatte mein Brot mit der schönen Schneidemaschine gleichmäßig in sieben Teile zersägt. Wahrscheinlich sehe ich so aus, als müsse ich Auflage sparen. Ich versuchte, die Brocken nochmal zu spalten und entschied mich für Querstreifen. So konnte man es zumindest essen, ohne eine Maulsperre zu riskieren. Auf meine morgendliche Klappstulle verzichtete ich jedoch, das war mir zu viel Gefummel. Stattdessen kaufte ich bei eben jenem Laden mal wieder einen Kresse-Frischkäse-Bagel und bat die kompetente Morgenkraft dabei gleich, ihren Kollegen nochmal in die Benutzung der Schneidemaschine einzuweisen. Sieben Scheiben pro Brot ist zwar irgendwie lustig, isst sich aber echt nicht gut.

Ich mag ja die sozialen Netzwerke – gerne mache ich hier und da ein bisschen mit. Viel Interessantes gibt es zu sehen, man kann sich austauschen und mit anderen seinen Hobbys nachgehen. Und gerade im Bereich eines meiner Hobbys, beim Stricken, fallen sie mir immer wieder auf: die Miesmacher. Ich denke allerdings, dass das nicht nur in den Handarbeitsgruppen so ist, sondern auch bei den Autoschraubern, den Hundebesitzern oder den Hobbyfilmern: Einige haben halt immer was zu meckern. Oder wissen es besser. Oder beides …

Natürlich geht es mir nicht darum, dass man alles toll finden sollte, was da in diesen Gruppen gezeigt wird. Manches entspricht einfach nicht dem persönlichen Geschmack. Das Schöne an diesen sozialen Netzwerken ist jedoch, dass man nicht verpflichtet ist, etwas zu einem Beitrag zu sagen – man kann sich auch mal in Schweigen hüllen. Man muss nicht mal liken – man kann die Finger einfach stillhalten.

Es geht mir auch nicht darum, dass man nichts sagen soll, wenn man gefragt wird. Wenn also in einer Strickgruppe ein Mitglied – nennen wir es „Martina" – fragt: „Passt dieses Rot dazu oder sollte ich lieber Blau nehmen?" kann man natürlich seine Meinung dazu sagen – sie hat ja gefragt. Immer wieder aber sagen Leute dann so etwas Aufbauendes wie „Ist eigentlich egal bei dieser billigen Polyesterwolle, das ist eh die Arbeit nicht wert" oder „Wenn man so kräftig ist wie du, sollte man nicht auch noch so kräftige Farben tragen." Peng – das war bestimmt genau die Information, die Martina dringend gebraucht hat.

Oder wenn jemand ganz stolz etwas zeigt mit den Worten: „Guckt mal, mein erster Pullover" und auf dem Bild ist eine strahlende Person in einem etwas sackartigen Gebilde zu sehen. Dann kann man natürlich schreiben, dass die Passform nicht schön ist, dass man an den Schultern hätte abnehmen können oder sollen, oder dass ein Rvo* viel schöner gewesen wäre. Man kann das aber auch lassen. Was haben denn die ewigen Miesmacher davon, irgendeiner völlig unbekannten Petra den Spaß an ihrem neuen Hobby zu verderben? Warum kann man nicht großzügig über die Macken hinwegsehen und stattdessen die schöne Farbe loben – oder eben einfach nur die Klappe halten?

Richtig gut kommt es immer, wenn die Miesmacher ihre Miesmacherei in scheinbare Höflichkeit kleiden: „Also, ich will dir ja nicht zu nahetreten, aber …" Oh doch, genau das wollen sie in diesem Moment, und das wissen sie auch. Sie nehmen so richtig Anlauf, um jemandem einen Tiefschlag zu versetzen. Zack, mit Schwung, damit die andere bloß keine Freude mehr hat an dem, was sie eigentlich nur zeigen wollte. Und ich sitze dann immer da und frage mich: Warum? Wozu ist das gut?

Wie gesagt, ich erwarte nicht, dass man alles lobt und hudelt, was einem in diesen Handarbeitsgruppen gezeigt wird. Ich finde manches sogar abgrundtief scheußlich, auch wenn es vielleicht handwerklich ausgezeichnet gemacht ist. Geschmack ist verschieden, und nie würde es mir einfallen, jemandem zu erzählen, dass ich die gehäkelte grüne Küchengardine nicht leiden mag oder dass die gezeigte Mütze mich an einen Klopapierrollenüberzug erinnert. Ich muss auch nicht verkünden, dass gestrickte Wandteppiche mit Pferdemotiv für mich Staubfänger sind oder dass ich Häkelschweine für eine unnötige Erfindung halte. Über die Passformen von Kreisjacken rede ich auch nicht, auch wenn es da oft etwas dazu zu sagen gäbe. Die Leute sind mit dem, was sie mit viel Mühe hergestellt haben, glücklich, und das sollte man ihnen gönnen.

Und manchmal – ganz selten – like ich sogar etwas, das einfach nur krumm und irgendwie missraten ist. Zum Beispiel so ein windschiefer Teddybär, der rührend schielt, oder ein erstes Paar Socken, dass zwar formlos ist, aber doch der Anfang eines schönen Hobbys sein kann. Es kostet doch nicht, dann mal ein Like zu klicken – man klickt ohnehin so viel Zeug an jeden Tag.

Als wir um viertel vor acht den Lesungsort betreten, ist da noch nicht recht viel los – außer uns sind zwei Leute anwesend, außerdem stehen zwei auf dem „Raucherbalkon". Aber gut, da kann ja noch was kommen. Wir kaufen uns Getränke, Antje ein Bier, ich ein Glas Wein, und gucken mal auf den Balkon. Antje raucht, ich bemühe mich schon mal um den intelligenten Blick – den werden wir gleich ja brauchen.

Währenddessen füllt sich der Raum auf angenehme Weise: Es ist gut besucht, aber nicht so, dass die Gäste sich zusammenquetschen müssten. Ein junger Mann fummelt schon an zwei Mikrofonen rum, anscheinend geht es gleich los. Zwei Mikros – ach ja, das war ja mit Moderation. Das mag ich meistens gerne, denn dann erfährt man ja noch was über den Autor, und das ist eine gute Sache.

Zwei nach acht – es geht los. Wir klatschen, auch wenn noch keiner was Besonderes geleistet hat, aber das macht man ja so. Schließlich sollen die Künstler sich willkommen fühlen. Der Autor ist ein flotter Mittdreißiger, der Moderator hat ein ähnliches Alter und sieht irgendwie so aus, als hätte er „vergleichende Literaturwissenschaft" studiert. Der hat bestimmt Ahnung!

Das Event beginnt, langsam, verhalten. Der Moderator formuliert vorsichtig, zögernd und bedächtig, wählt die Worte sorgsam, unterbrochen von vielen „ämmm, ähhh" und mimisch untermalten Denkpausen. Der Autor spricht flüssiger und sagt tolle Sachen: Wir erfahren etwas über die maximalnarzisstische Erfahrung und nicken einander bedeutungsvoll zu. Oh ja, hier kann man was lernen! Der Autor spricht über das Schreiben im Allgemeinen und schlechthin, über seine Charaktere und was noch so dazugehört. „Es muss sich einander beatmen", sagt er, und ich denke, aha, Baywatch auf literarisch, immer schön beatmen. Ich finde dieses Interview absurd bis albern, sowohl die Fragen als auch die Antworten, aber das mag an mir liegen – ich tue mich immer schwer, wenn eine Frage fünf Minuten dauert und die Antwort dann länger als „42" ist. Ich schaue etwas ungeduldig auf die Uhr – schon halb neun, wann liest der denn endlich mal was?

Da, er blättert – es geht los! Das Buch ist eine dicke Schwarte, da muss ja allerhand drinstehen, was man lesen kann. Und so ist es dann auch. Wir hören etwas über die beiden verliebten Liebenden sowie das kostbare Erz der Ängste. Ich schiele zu Antje – ihr Gesichtsausdruck wechselt immer wieder von fassungslos-amüsiert zu glasig-glotzend und zurück. Wahrscheinlich sehe ich genauso aus, nur auch noch in blond.

Es gibt eine Lesepause, wieder mit Gespräch. Der kleine Moderator scheint inzwischen richtig zu leiden, er vergräbt die Hände in den wolligen Locken, windet sich auf dem Stuhl, erklärt dem interessiert lauschenden Autor seinen Roman, ringt um die richtigen Worte. Wir ringen auch, aber nur um Contenance, und wir schreiben Zettelchen – wer hat diese Veranstaltung nochmal ausgesucht? Ich war's nicht, aber ich war einverstanden. „Der Horror ist auf der Leserseite", sagt der Autor, und DAS glaube ich ihm gerne. Auch die urbane Degeneriertheit kommt zur Sprache, gut, dass das einmal erwähnt wird, schließlich leben auch wir in der Stadt.

Es wird noch ein Stück gelesen. Sprachlich ist das Werk sicherlich ein feines Stück Arbeit, immer möglichst kompliziert formuliert, bestimmt gibt es dafür irgendwann einen Preis. Ich habe es ja lieber schlicht, das liegt natürlich an mir und ist kein Problem des Autors. Aber diese komischen, verklausulierten Sätze lassen mich zunehmend grinsen: Warum schreibt man denn von einem „weiherverheißenden Geräusch", wenn man das Quaken von Fröschen meint? Mir ist das schleierhaft, aber da fehlt es mir wahrscheinlich an literarischem Verständnis.

Verstehen konnte ich allerdings die Reaktion des Publikums, das zum großen Teil auf das Gesprächsangebot nach der Lesung verzichtete und eher zügigen Schrittes den Saal räumte. Man muss sowas ja nicht über Gebühr ausdehnen.